JN253190

村尾文

短篇集第2巻

# 鎌鼬（かまいたち）

西田書店

# 村尾文短篇集　第2巻　鎌鼬(かまいたち)　目次

# 空は青い

「予想通りでした」

医師の声が言う。否定して欲しかった。母の分厚い掌を揃えて並べたくらいの大きさと厚みの肉片。美しい。木の葉型だ。葉脈のような線が走っている。裏返された肉片は、血のついたゴム手袋の指で説明を受けている。

「あの……」

声が出そうになる。これを食べてしまったら、奇跡が起きるということにはならないでしょうか。わたし全部飲み込んでみせます。どうなんでしょう。試させてください。

「見ない方がいいよ」

弟の昌夫や茂夫から言われながら、わたしは耳を貸さなかった。母の体の一部が外に持ち出されたというのに、それから眼を反らすことなど出来はしない。しっかりとこの眼で見ておかなければ……。

しかし、見てしまったばかりに眼の前のものが見えなくなった。そして、現実には見えないところへ眼が浮遊していった。

わたしは顔を覆ってそのままその場にしゃがみこんでしまう。

母が手術台の上で血にまみれている。皺くちゃな裸体だ。胸から下腹部にかけて切り開かれている。桜色の肉片が取り去られ、そのあとは真っ黒な空洞だ。何の詰めものもされず閉じられる。縫い合わされた縫い目が、低く沈んで母は薄くなってしまった。

癌だという肉片の一部は月面の窪みのようだった。眼だけでは不足なのか、指も勝手に浮遊する。窪んでいる丸い淵を指がなぞっている。ざらざらした感触にわたしの指が震える。細胞が立ち上って並んでいる。一つ一つが癌の増殖の姿か。月面の窪みに指を引っかけ、肉片を手にして眼の位置まで持ちあげる。鼻の先に、もう一つ癌だと教えられた部分がある。そこからかぶりついてやろうか。細胞の突き立った先端が舌に触れる。わたしの舌の細胞が一つ一つそれに呼応して立ちあがっていく。わたしは便所の中で吐き続けた。吐くものが無くなったあとでも、苦く黄色い汁が出た。わたしは自分の胸をさすった。いつの間にか母を抱いて母の背を撫でている錯覚に陥る。母が幼児になってわたしの胸の中にいる。

母は何の疑いも持たず、小さな潰瘍だと信じた。潰瘍の出来た場所がよくないので、止むを得ずの手術だと思っている。

「病院というところは厄介なところだねえ。何でも大袈裟にしちまってさ。これじゃ病人でない者も病気になってしまうよ」

母は、身柄を預けてしまった以上は観念するほかないけど、そのもとをつくったのはあんたなんだよね、とわたしに念を押すように言い添えた。

わたしはこの何日間かの出来事が、母のことなのか自分自身のことなのかわからなくなっている。

その混同は、食べてしまえば、母の癌がわたしの中の細胞と合体して、何らかの変化を示すかも知れないという思いに繋がるらしい。そうすることで、母もまたわたし自身も、救われるという錯覚をしているのだろう。

半月に一度、わたしは定期便のようにひとり住いの母を見廻っていた。が、今回は二ヵ月ぶりだった。しかも、自分を失って歩き廻った末、夢遊病者のような状態で母のところに辿りついた。どうしてここに来ているのだろうと、訝しげに自分を眺める思いの中にいた。母がいつもと異なっている。何やら妙だ。何故だろう。

「年を取ると食べものの通りも悪くなるねえ」

と、母が口にした。わたしははっとしてわれに返る。

母はもともと色白だったが、妙に肌が透き通って見えたことにも納得がいった。

わたしはそのときまで自分の中に閉じこもっていたに違いない。いま急に出口を見つけて解き放されていった。どこかで生き生きしていく自分を感じた。

病院嫌いの母を説得するのは大変だった。わたしはいつものようにどもりながらだったが、それを忘れた。母を説得するために平気でどもっていた。

「老いては子に従えというでしょ」

とわたしは母に有無を言わせず、強引に母を病院へ連れていった。

検査の結果、すでに出血もしていて手遅れだという。わたしは自分の想像したこととの一致に畏れを感じながらも、医師の指示にてきぱきと従った。

その日のうちの入院だった。そして、今日手術を迎えた。

病気ひとつしたことがないまま老いを迎えた母は、検査だけで悲鳴をあげた。あんなカメラ飲むくらいなら死んだ方がましだ、と文句を言う。

母のそんな弱気な面を、痛々しい思いで見ながらも、わたしは優越感を感じていたのかも知れない。母が弱音を吐く姿などこれまで見たこともなかったのだから……。

その母が、手術前に毛まで剃ったんだよ。と恥かしそうにわたしに耳打ちしたときは可愛かった。何しろ、母は胸から下のことを口にしない人だった。

吐くものが無くなると、わたしは母と同じに空洞になった気がした。吐くときの苦しさで全身の毛穴から汗が噴出し、涙が出た。体は冷え、頬は乾いた。

母をここまで追い込んでいったのはわたしなのだ。

わたしは母に対して生まれて初めて積極的な行動をとった。わたしの奥底にある願望のようなものが心に芽生えた瞬間から、それを拡大し実現させる方向へもっていったのだ。それを思うと、わたしは心まで冷えていく。いや、わたしの心にはもともとひんやりとした青い空が茫漠と広がっているのだ。それはとどまるところなく果てしなく広がり続けている。手術室の前に戻った。口を抑えて、やがて母が運び出されてくるドアを見つめていた。

母の手術は成功したのだ。

何年か前、昌夫の妻広子が子宮筋腫で手術した。そのときもわたしは摘出したものを見ている。野球のボールぐらいの丸く赤いものが、琺瑯引きの器の中に転がっていた。患者の家族の前でメスを入れ、それを二つに割りながら医師は説明した。まるでハムそのものだった。実際そう見えたのか、あとで肉屋の店頭でハムを見てからそう思ったのか、どちらが先か今ではわからなくなっているが、わたしはそれ以後ハムを口にしない。

母もあの赤い弾力あるものを、わたしと一緒に見た。

母と広子は折り合いが悪かった。何回か家出の形をとって、母はわたしの独り暮らしの住いに身を寄せた。

そのような中での広子の手術だった。

小半日はかかってしまう距離にわたしはその頃も今も住んでいる。訪ねることもなかった昌夫の家に、そのときわたしは出向いていた。

もし広子が手術で万が一死ぬようなことがあったら、わたしは義妹を知らぬままになってしまう。昌夫は、人前に出るのをいやがる姉ちゃんだから、と、わたしを結婚式には招かなかった。そんなわけでわたしは弟の嫁さんに会ったことがなく、嫁姑というものを二人並べて見る機会もなかったが、この際、母よりうわ手の人間を見ておきたかった。母は広子など問題にもしていないと言っていたが、わたしは母の言葉をそのまま受けとっていなかった。

「おや、あんたが見舞いにくるなんて、珍しい」

ひっそり暮らしていて出来るだけ誰とも遇わない工夫をしているわたしだから、母がびっくりするのも当然なのだ。わたしを昌夫の家で迎えた母は、勝ち誇った顔をしていた。

「毒素がわいたんだよ、普段の行いが悪いからね。神さんがついていれば罰を当てないはずはない」

と、玄関先でわたしに息を吹きかけながら囁く。そして、母は何事もなかった顔ですましてわたしを広子に紹介した。

嫁姑の関係は険悪には見えない。

入院の仕度を手伝う母の姿は不謹慎でないかと思えるほど浮き浮きして見える。

「結構これ重いよ」

と、スーツケースを持ち上げてわたしに見せる。広子は自分の沈みがちな気持を、姑が引き立ててくれていると受け取り、感謝の念を持った面持ちだ。しおらしく素直そうな広子にわたしは好意をもった。嫁姑の仲は母の方が分が悪いと思えた。わたしならこの広子とうまくやっていけそうだ……と、母の顔をそっと見た。

その広子も、いま手術室のドアを見つめて立っている。母が手術をする直前、広子はわたしに切り口上で言った。

「退院してからのお姑さんの世話は、お義姉さんがしてくださるんですね。その方がお姑さんも喜ばれるでしょうし……」

広子は、子宮筋腫の手術をしたその後から姑と別になれたが、姑が退院したあとではそうはいくまいといった不安で一杯だったのだ。

昌夫は妻の声が耳に入らないはずはないのに、知らないふりをしてライターの音をカチカチさせていた。

茂夫夫婦も、声をひそめて言い合いをしたり、互いの肘を小突いたりしていたが、「うちも、もうひと部屋あれば喜んでということなんだけど、この際、身軽な姉ちゃんが引き取ってくださいよ」

茂夫が言い、妻の方が深々と頭を下げた。そのような事情があった後、母は手術室に運ばれていった。

子の側から見た親の存在は一体何なのだろう。母からは、わたし自身や、弟たちやその妻たちが一体どう見えているのだろう。こうした問いはずっと以前から、わたしの中で繰り返されていた。母が手術室に入ってしまってからそれはまた新しく強い問いかけになっている。

癌の疑いはどっちにしろ否定されなければならない。

食べてしまえば消滅する……何かが……。

そのことによって、二人が生きながらえるか、それでなければ、母もわたしも消えてしまえばよい。あらゆる関りを終りにしたい。

手術室から出てきた外科医に昌夫が頭を下げながら近づいた。

「あの……」

「麻酔が切れたら出てきますから」

「ええ、それともう少し伺ってよろしいですか」

「いいですよ」

医師の息づかいが伝わる。手術をした後の名残りをとどめて、血腥いにおいを漂わせている。

「さきほどの説明で癌ということはわかったんですが、母は治る見込みがあるんですよね。勿論退院まで漕ぎつけるんですよね。胃を摘出したということは、癌になっているところを全部とったから、もう大丈夫だと受け取っていいんですよね」

「見える範囲のところだけは全部とったということです。転移していないとは言いきれません」

執刀した後のせいか生き生きした声である。ひとつの仕事を終えた男の昂揚した気分が醸し出されている。ふと、困難な手術をしたあとの外科医が、その夜、常にはない性欲をかきたてられるといった話が頭をよぎる。母が手術をしたというときに、どうしてそのような話が思い出されたりするのか……わたしもやはり興奮しているということか。自分の中の奇妙さを見る。逃れようのない現実を前にすると、どこかにぽっかり穴が開いてしまうのか、わたしはその穴の方に滑りこんでいく。穴はどこまでも深く、暗い闇はさらに濃い。

半袖の手術着から出ている男の腕は毛深い。

わたしが知っている男も毛深かった。十年近くも前のことである。

母の頼みだった。四十に近いわたしの結婚生活に華やいだものがあるはずもなく、ことわる理由もなかった。

「あんた達と一緒においておくれ」

夫は母に理解を示した。息子たちは下宿して家を出ているし、娘に嫁がれ独り残された母が気の毒でならないと言う。幼いときに母親を亡くしている夫なのだ。

三ヵ月もしないで母が同居し、一年足らずでわたしは離婚した。母の眼に脅えて、夫を受け入れられなかった。たとえ見られたとしても、自分たちは夫婦なのだからかまわないじゃないか、と夫は強引だったが、わたしの頑なさに辟易したらしかった。ようやく得た縁だったのに勿体ないことをした、というのが、母の弁だった。

「うずらの卵ぐらいのリンパ腺の膨らんだのがあったでしょう」

医師の声が続いている。わたしの中で美しかったはずの肉片は爛れはじめ、その中に二つ、いや三つの薄墨色のまるいものがあったのを思い出す。

わたしはそれを見落とし、とっさに美しさだけを感じ取ったのだった。

わたしは薄墨色した塊りには慣れているので、それらが眼に入らなかったとしても不思議はない。自分の体の中に同じような塊りをいくつでも抱えているのだから……。ときによって、わたしのそれは殖える。丸い形のものが押し合いすることで蜂の巣のように六角状になってぎっしり詰まってしまうことがある。蜘蛛が吐き出した透明な糸、風に曝され薄汚れ、粘りさえ消えかかったそれを丸めたものと言ったらわかりいいだろうか。それがどうしてか体のあちこちに巣食ったのが始まりだ。

今さら母の胃の中に二、三個のそれと同じ塊りが発見されたからといって驚かない。

わたしが自分の中の薄墨色の塊りを意識したのはいつ頃からだろう。

大東亜戦争で疎開したとき、二つ違いの妹の直子は国民学校の四年だったその頃、昌夫も茂夫もまだ生まれていなかった。直子は色白でくりっとした眼が人なつっこく、誰からも好かれていた。直子が父母から溺愛され、そのうえ周囲の者から可愛がられるのは、比較できるわたしがいるせいなのだ。長女のわたしは鼻がひしゃげていた。指で強く押し過ぎたために小鼻まで広がってしまったといった形の鼻である。髪の毛も癖があり横に広がってしまう。すんなりしたおかっぱに切り揃えている直子が憎かった。父が召集されたとき、直子を可愛がる人が一人減ったことが嬉しかった。が、可愛がってくれる父親がいないとなればなったで、あんなに可愛がってくれた父ちゃんがいなくては淋しかろうと直子は不憫がられ、一層可愛がられた。疎開をしてもそれは同じだった。

疎開する前は普通に喋っていたわたしは、疎開してからは、どもりがちになった。軟骨の歪みのせいか、わたしは鼻詰まりの声しか出ない。発音が鮮明でないから、知らない土地で、知らない人々から尻あがりの強い方言で何度も聞き返されるたびに、屈辱感を濃くし、わたしの中でどもりは定着していった。

わたしは、母がわたしを好いていないのを知っていながら、人前では意識して母に寄り添う。例え装ったものにしろ、母は、人前では娘たちに等分の愛しかたをして見せる。そのときもわたしはそれを利用して母を独占し、そのときだけの安心で母に甘えた。

疎開の荷物が何ヵ月も駅留めになったままだった。漸く受け取りに行ける。わたしたちは弾んでいた。隣村からこの村を通る荷を積んだ荷車に便乗するのである。一台に二人しか乗れないので、二組に分かれるしかなかった。わたしは母と坐りたかった。母の手を強引に引っ張ってわたしは母と並んで荷車に乗りこんだ。便宜をはかってくれた隣家のかえは、子供がいなかった。直子を好いていて、直子と一緒に町へ行けるのを喜んでいた。帰りには一台を空車にしてくれるという。その荷車に東京の匂いのする荷物を積んで、四人は一緒に帰ってこられる。

この地方でもときどきは鳴る警戒警報のサイレンもなく、のどかな道中だった。後に乗っている直子と手を振り合った。がたがたと揺れる荒々しいリズムが愉しかった。

真夏がやってくる前で、日ざしはそれほど強くはなかったが、直子はつばの広い帽子をかぶり、直子の隣で揺れているかえは、母に無理矢理貸し与えられた日傘を晴れがましくかざしていた。母はかえが頭にのせていた野良仕事に使うぽっち笠をかぶっていた。わたしは何もかぶっていなかった。

わたしの乗った荷馬車と直子の乗った荷馬車に距離が出来た。

「わらじでも切れたかな。牛の……。取り替えてやってんだべぇ」

牛の手綱をとっていた老人も、離れていたことが気になっていたとみえ、後を見ながら呟いた。

町の手前まで来ていた。コンクリートの長い橋を渡りきった。後の荷車が橋の入口に姿を見せた。

飛行機の音が急に聞こえた。

「サイレンも鳴らないのに変ね。日本の飛行機だね、きっと」

母が老人にとも、わたしにともなく言ったとき、耳元で弾ける音がした。母もわたしも荷車から転げ落ちた。爆音が遠のいた。

「おったまげたのなんのって、ありゃぁなんだい」

荒い呼吸をしながら老人は道端から四つん這いのまま言った。

飛行機の影はなく、空はどこまでも青かった。その空を見上げわたしはすべてが凍った思いに捉われた。全身総毛立ち、総毛だったものが震えた。透明で硬質なものがわたしめがけて降り注いだ。

直子の一行は即死だった。

牛は重症を負った。いつまでものたうっていたという。

橋のコンクリートにいくつもの穴があいた。橋の入口から余程離れたところまでその穴はあった。わたしは呆けたようになって、地べたに這い蹲りその穴を探しては覗くことを繰り返した。コンクリートにへばりついた感触、強く押した眼の縁のざらざらした感覚。川の水の流れを見ようとするのか、それともそれが見えるまでの一瞬の真っ暗な闇を見たいのか。それらの感覚やら感触を鮮やかに覚えているのに、直子の姿はまるで記憶にない。見てはいけないと言われ、どこかに匿われていたような、押さえられていたような……。

わたしは一層口をきかなくなった。

なぜ、なぜ、の問いかけは、そのときから薄墨色の塊りとなってわたしの中に巣喰っていった。それは小さくなって身をひそめているときもあれば、透き通った糸が妙に黒くなり、縺れ合い粘りながら大きな繭を作ってしまうときがある。

どうして直撃されたのが、母とわたしの乗った前の荷車ではなく、直子の乗った後ろのだったのか。直子が白い帽子をかぶっていなかったら、そして、かえが派手な東京風の日傘をさしていなかったら。牛の穿いていたわらじが切れなかったとしたら。今もみんな生きていたのに。わたしには、一機だけ敵機が飛んできて射撃していったということも、何がなんだかわからないのだった。

母も無口になった。わたしは誰にも相手にされなかった。粘り合いながら増殖していく黒い塊りを見つめるしかなかった。

　母が直子と一緒の荷車に乗りたかったのを知っていた。かえも直子とならんで町へ行くのを嬉しがっていた。

　出かけるときは、村の人々が県道へ出て賑やかに見送ってくれた。ちょっと祭りに似た空気だった。

「ようがしたなぁ。荷車曳いてくれる爺さまがめっかってよ。今どき若いもんがいねぇかんな、難儀なこってす」

「荷が戻ったら東京もんのきれいなおべべ見せてくんちゃいよ」

「気をつけていってらっせい」

「かえおっかぁが一緒に行くだから心配ねえ」

「けえりは暗くなりやすかな」

「いんや、日が暮れねぇうちに戻れやすよ」

　村人たちのやりとりがわたしの耳の底に残っている。が、直子たちはもういない。

　サイレンが頻繁に鳴るようになり、やがて、敗戦を迎えた。

　冬がやってきた頃、父は復員してきた。

　父の眼は絶えず直子を探してさまよった。わたしを見たと思うとすっと視線を反らす。わたしの思い過ごしにせよ、母も同じだった。その両親の眼をはじき返したいと思いながら、わたしは俯くしかなかった。その上、思わず、ごめんなさい、ここにいるのが直ちゃんじゃなくて……と謝りたくなる。そして、死んでまでわたしを越えたところにいる直子が、全部憎いわけではないが、半分以上は憎い。

わたしの中の薄墨色の塊りはいくつにも分かれて数を増す。

戦地から男たちが帰ってきて、世の中はベビーブームといわれていた。わたしにも弟が二人できた。年子だった。母は久しぶりの出産で、年子ときては身が持たない、子守りも雇えず時代も悪い、とこぼしていた。わたしは子守りに追われながら、直子の分まで、母や生まれてきた弟に尽くさなければならない気持になっていた。学校は長期欠席をしたままだった。行列に並んで、粉ミルクを買う券を手に入れるのもひと仕事だった。役場や配給所に日参するわたしの背には、栄養不足の痩せこけた赤子がくくりつけられていた。

わたしは重宝がられることで自分の存在の価値が認められた気になった。が、子守りをしている姿を友だちに見られるのは嫌だった。友だちに出合いそうになると慌てて物陰に隠れた。それでいながら運動場の隅にこっそり佇んで、友だちが体操する姿を盗み見た。そんなときに限って赤子は急に泣き出す。わたしは慌てて、二人を乗せた乳母車を押して学校に背を向ける。父が古材を集めて作った乳母車までが、赤子の泣き声と一緒にガタガタと大きな音をたてる。

気がつくと、近くを流れている川に向って駈けている。わたしの中で薄墨色の塊りは膨らみ蠢き、わたしに何かを囁き、巣食う場を広げていくらしい。

弟さえいなければ。弟は何のために生まれてきたのか。わたしを学校にいかせないためになのか……。

無邪気にわたしを慕う赤子が可愛くてならないのに、わたしは弟が生れてきたことを素直に受け入れられない。生れてきた昌夫と茂夫の鼻がちんまり整っていることも腹だたしい。

人は何で生れてきたり死んでしまったりするのか。

母は、直子の生まれ変りとして、女の子を望んだのに男の子が続いたことで、「世の中まならないものだねえ」と口にした。

わたしはそのたびに、まだ何もわからない赤子の弟たちを哀れんだ。青空がどこまでも茫々と広がる思いに取り憑かれながら、自分を優しい姉だ、母よりましだ、何しろこんなふうに可愛くて可愛くてならないのだから……。そして、より一層、二人に尽くした。母になり代わって、自分が母親になればよい、とぷにゃぷにゃの乳くさい肌に、思わずなのだが、わざとのように夢中になってちゅっちゅっちゅとしているのだった。そんなとき、死んだはずの直子もいて、一緒にふざけた。

折角、戦争で生き延びながら、働き盛りの父は不慮の事故であの世へ逝ってしまった。その父の残していった土地と家は、母にとって唯一の財産だった。長じてからの昌夫と茂夫がどのように母を説き伏せたのか、それは二人のものになった。父の家は取り壊され昌夫は新しい家を建てた。母はその新しい家に昌夫夫婦と住んだが、広子との折り合いの悪さにねをあげた。

財産を分け合ったときの約束だったのか、

「今度は茂夫の番だ。俺の役目は済んだ」

と母の前でも平然と言ってのけたという。打算でしかものを考えないのは時代のせいだ、と母は思いたがっていた。母の愚痴をききながら、わたしは黙って母の横顔を見ているだけだった。

かあさんもういいんじゃないの、わたしと暮らせばいいんだから……。喉もとまで出かかった言葉をひっかからせたまま、わたしはへんな咳き込みかたをする。慰めの言葉もくれない娘を盗み見て、母はあらぬ方に眼を逸らす。責任のもてない言葉をそのときの調子に合せて言ってはならない……わたしもまたあらぬ方を見る。昌夫や茂夫と何も変らないわたしではないか。しょんぼりと立つ自分の姿を、そのあらぬ方に見た気がする。直子が急に傍に立ち、意味もないのにゲラゲラ笑った。

茂夫はマンションを購入した。兄貴とうまくいかなければ家へくればよいと言っていた茂夫も、部屋数が少なくてねぇ、という言葉だけで通した。気の勝っている母は、昌夫と茂夫の中間の位置にアパートを借り、さっさと移り住んだ。

「わたしは一文なしだからねえ」

母はアパート代から前家賃などの一切合財と、生活費を計算し表にして見せた。それを三等分にして、昌夫、茂夫、わたしから徴収した。

「もうお前にだけ出させているのは止めたよ。本当は、お前にさんざん世話になったから、お前だけは放免してやりたいのだけど、あの子らうるさいし、ひと悶着あってもね、説明も厄介だから、公平にもらいましょ」

昌夫も茂夫も給料日には母のところにやってきた。互いに顔を合せなくてすむように時間をずらしているかに見えた。

「かあさんが取りにくればいいのにってうちのが言ってたよ」

昌夫も茂夫も妻たちの不満を添えていく。三等分された生活費を持って、わたしはその日には母のアパートにいた。

昌夫や茂夫のそそくさと立ち去る姿や、その背景の妻たちの夫への働きかけの強さをみていた。弟たちに顔をしかめる思いでいながら、その日には二人に逢えるのが、わたしには愉しみだった。人恋しい気持で母のアパートに行っていた。帰りを待っていてくれる者たちのもとへと足早に歩く後姿、守るべき家庭を持つ者の、たしかな足取りを身近に眺めるのは悪くない。母にしても息子たちの傍に住む理由はそこらあたりにあるのだろう。永年住み慣れた土地を離れられない執着もあろう。母を独りにしておくのは……とわたしが気にしているのとは裏腹に、母は独り暮らしを愉しんでいるようにみえた。母も息子たちと同じにたしかな生活を手にしている。

「どうあがいたって、どうしようもないこともあるさ。私はじたばたしないことにしてるんだよ」

母は何事もなるようになる、と信じている。一定の日には、自分の子供たちを、自分の場所に引き寄せている自信が母にはある。

「男なんて駄目だよ。意気地なくてさ。昌夫もそうだろ、女房次第じゃないか。わたしゃもう腹も立たないけどね」

吐き捨てるように言って、湯呑みを取り上げ、音を立てて茶をすする。

「かあさん自慢のいなり寿司、せっかく作ったんだから、持たせてやればよかったのに」

「なに、あんたと食べるために作っただけさ。あまったら持っておいき。第一、今の若いもんには口に合わないんだよ」

わたしは明日一日いなり寿司を食べなければならない、と思いながら、山に盛られているひとつを皿に取る。卓袱台の脇に置かれた盆の上に、昌夫と茂夫の湯呑みが伏せられ、布巾がかかっている。母は続けざまにいなり寿司を頬ばってはごくごくと茶をのんでいた。

手術室の前で、昌夫と茂夫はひそひそと話し続けている。

まだ麻酔は切れないのだろうか、ずい分長い時間が過ぎた気がする。感覚のすべてから遠ざけられて、戻れないでいる母を思う。

母は自分が癌だということを少しも疑わなかったろうか。ほんとうに何も知らないで手術を受けたのか。

「患者さんによっては、疑いをもってあれこれと訊いてきましてね。そりゃぁ絶対に否定はしていますが。こちらの患者さんほど医師の言うことを素直に信じてくれる人は珍しい、まったくやりやすいですよ。私どもにとってはありがたいことです。楽ですよ」

と担当の医師は言っていたが、騙されていたのは、医師やわたしたちの方なのかも知れない。どこかでけろりとしているところのある母だから、巧みに演技しないとも限らない。覚悟の上で手術に向かったのだとしたら、手術前にわたしたちが口にしたことをどんなに空しく聞いたのだろう。わたしは母が考えもしなかったかも知れないことを思っては、心臓に鋲を打たれた思いになっていた。

昌夫と茂夫は親しげに話をしている様子だったが、母の退院後をどうするかの言い争いだった。退院したらわたしが引き受けると言わなかったからららしい。二人の間では、葬式の話にまで発展していたと言う。

「たった一つ違いなのに、長男だからといって親を押しつけられるのはかなわない」

と昌夫は言い、こんなことにならないためにちゃんと半分わけしたんだろ、父さんの財産をさ。と言い張る。

「いくら一つ違いでも兄さんは長男としての育て方をされてるじゃないか。俺なんかいつもなんでもお下がりだったんだよ」

茂夫は、弟として育てられたのは分が悪い、生れたときから損をしているのに、今頃になって等分だと言われてはかなわない。と主張した。その結果、籤引きまでしてみたが、埒があかなかった、と、わたしは二人からきかされた。

「いずれ姉ちゃんの先行きは俺たちが面倒をみることになるんだよな。だとすれば、おふくろを姉ちゃんがみておいてくれればなぁ」

と付け加えた。

「まるでマンガね」

わたしは呟くように言った。そのあとで、わたしだって癌なのよ――と叫びそうになった。

背中に悪寒が走る。昌夫と茂夫を等分に見てから力なく眼を逸らした。

逸らした眼に青空が茫々と広がる。そしてまた、わたし自身の中に薄暗い粟粒の細胞が蠢き分裂し増殖していくのを見据えていくしかない。

この二人に心を開いて助けを求めようともしない自分の頑なさも、弟二人の冷たさといい勝負なのかも知れない。


母の作ったいなり寿司を、二人は好物にも関らず食べもせず、目の前にあっても気がつきもしなかった。せめて、待っている嫁さんや子供に貰っていくかな、とでも言ってほしかった。母はいなり寿司を山にすることを変えなかった。二人の湯のみも用意していた。

最近、そのいなり寿司を母が口にするのを見ていない。それを急に思い出す。弟たちに腹を立て、わたしは自分のうかつさにも腹が立った。

弟たちにあたたかさが欠けているのは、あたたかさもないわたしが子守りをしたことも影響しているのかも知れない。

二人が役所勤めと教師になったばかりの頃、わたしは離婚している。

「とんでもないことしてくれたよなぁ。いい年をして弟にまで迷惑をかけないでほしいよ」

「姉ちゃんはそれでいいかも知れないけれど、こちらは職場で話の種にされてかなわないんだよねぇ」

弟二人が家に戻っている。水入らずの生活ができる。そんな期待をしたが甘すぎた。わたしは母と二人で出戻った形だったから、肩身の狭さも二倍に感じていたときだった。

「もともと縁がなかったと思えばいいじゃないか、期間が短かった分だけ未練が残らなくってよかったよ。人間諦めが肝腎だからね。くよくよするだけ損というものさ」

と母はわたしを励ましているのか、繰り返して言っていたが、それにもわたしは耳を塞ぎたい思いだった。

あのときは気持の割り切り方がすんなりできて、わたしは遠くへ住むことになったが……。人になじめず昔からわたしは独りでいることに慣れていた。遠い日に学校にいけない事情になったとき、そんなわたしだったからほっとしてよいはずなのに、思いがひとつに定まらず振り廻された。恨みがましいというか学校にもいけない情けなさで身をよじったものだ。結局は自分の思いだけではどうにもならないことがあるのを、仕方なく悟った。

その頃に、初潮をみた。話し合う友だちもなく姉妹もないわたしの無知は、それを自分の中に巣食う粘り合う薄汚れた塊りのせいだと思いこんでしまった。流れたものはどす黒い血だった。わたしは手当ても知らなかった。

スカートのしみをみつけた母は、

「そんな体になってしまって、もう学校へはいけないね。学校へ行っているときにそんな粗相をしたらどうするんだい、みっともないだろう」

これをはさんでおきな、とぼろ布を投げてよこした。

そのときまで、もしかしたらわたしは実子ではないのかも知れないと疑っていた。しかし、決して人に知られてはならないどうにもならないほど恥かしいことを、母は見抜いた。きっと、ほんとうの母だから娘の秘密まで覗けるのだ。母が優しく見え、そして、怖かった。

母の眼には蔑みと哀れみ、そして、切なさといとおしみが混じっていた。それに加えて、一種の絶望と憎しみも垣間みせた。互いの血の近さを示している眼だった。母にもきっとどうにもならない罪深いものがある証拠なのだ。わたしと同じに巣食わせているものがある。そして、何やら穢らわしい人間だとわたしは証明された気がした。勉強はきっぱり諦めることにした。もう学校にはいけない。人並みの顔をして昼日中に道をあるいてもいけない自分なのだ。勉強など、とんでもないことなのだ。が、どうしてか、そんなわたしでもどこかで赦されてこうして生きている。このことはゆっくり考えてみなければならないもののようだ。今、わからなくても、いつかわかるときがくることなのかも知れない。なぜか、直子はすぐ傍で笑い転げている。

薄汚れたわたしが子守りをすることに不平を言ってはならない。わたしは自分にそう言いきかせた。

　わたしは生理というものが女には誰にでもやってくるものと知ったあとで、粘り合い蠢いている塊りを改めて見詰めはじめる。育てるといった方がよいのかも知れない。やはり、母は実母ではない、そう思った方が気が楽だった。肉親だとしたら何かが違う。血の繋がりがあるなら、もう少し何かがあってもよい。継子だったか……。と納得し、それを支えにしてしか生きられなかった。それが、昔のわたしだった。

　母は、自分が先に立たなくても影で人を動かしていける能力があると信じていた。父を立てながらも自分の思い通りにしているという自負をもっており、

「わたしがいなけりゃ、わたしが支えてやらなけりゃ」

と母はいつも忙しいのだった。聞かされているわたしの方が照れてしまうほど恥かしげもなくそれを言った。わたしは母のような人間にだけはなりたくない。だとすれば、母がやらないことを、わたしはやらなければならないと思った。隠れて本を読んだ。それは、わたしにとって唯一の母への抵抗だった。そして、読むばかりでなく書き始めていた。

「あんたは性格が性格だからねぇ。外へ出たがらないし、学校も出てないものね。陰気くさくっていけないよ。だけどさ、遊んでてもらっても困るわけ」

と母は言った。

人の髪の毛が持ちこまれた。かつらを作る仕事である。網の目の中に髪の毛を植えこんでいくのである。髪の毛のひんやりした感触にわたしはたじろぎ、子守りを必要としないほど成長した昌夫や茂夫たちが恨めしかった。

色白で耳の遠い老女が、ある期間毎日教えに通ってきた。しっとり粘りつくような髪の臭いが老女に染みついていた。着物に隠されている肌は、すべすべしているにちがいない。

この老女のすべすべした手に掴まれてどこかに連れられていく。それに抵抗し逃げている夢を幾晩も続けて見るほどの脅えをもちながらも、わたしは老女の手元を一心に見詰め仕事を覚えた。毛髪も薄気味悪いのを通り越して、蛇に思えて竦むときがありながら、逃げ場もなかった。

「髪の毛には鱗があってね。逆さに植えこんでもらっては困ります」

逆さに植えこまれたかつらの毛の一本一本が、いっせいに鱗を開き、ひらひらすることで、わたし自身の髪の毛みたいに横広がりになっていく。

いつまでたっても、わたしは持ち込まれてくる髪の毛になじめなかった。それでいながら、腕の方は確かになっていった。根気のいる仕事がわたしに向いていたのかも知れない。

ヘアーウイッグブームになり、ミシン縫いのナイロンで出来たかつらが全盛になっても、わたしの仕事は注文をさばき切れないほどだった。安易なものが流行すれば、その蔭で手のこんだものが高級品となり珍重され値が上がっていく。
「あんたにはどんなに感謝されてもいいんだよ。女がこれだけの稼ぎをするのは容易なことじゃないからねえ。男が顔負けさ」

わたしは、子供のとき色が黒かったことが嘘みたいに、いつの間にか色素を失っていた。肌はすべすべとして、しっとり粘りつく髪の毛の匂いを発していた。湿度があると髪の毛は柔らかく伸び、空気が乾いているときは縮む。わたしの肌も同じになった。

髪の毛の中で暮らしているうちに、わたしは一本一本の毛髪の生命を感じないではいられなくなった。一本一本が、かつての持主の執念や怨念を引き継いで、なお生き続けていると思えてならなかった。だからといって、わたしがこの仕事に愛着をもつようになったというわけではない。

温かい空気に膨らんだ夜具に横たわっても、わたしの体は温まることを知らなかった。どこかでひんやりしている肌は、髪の毛の精を吸い込んでいるからか。

敷布がいつの間にか一本ずつぎっしり髪の毛を並べたものになっている。その上に横たわっている自分の姿に息をのむ。掌でおそるおそる敷布に触れてみる。しっとりと滑らかなと思うと、鱗をたてている感触のときがある。ときにはその鱗がいっせいに開いて動き、妙な音を出す。白い肌をみせて立つ裸の木々が、雪を秘めた鈍色の空に向かって茫々と枝を曝し合い、思わず隣の枝に触れ、こすれてしまう音だ。それとも、海の底に林立している人骨そっくりの石灰質の珊瑚に、白い砂がぶつかって通り過ぎていく音なのだ。そんなときは、その音を体の下にききながら眠る。

　母はまだ麻酔から醒めていないのだろうか。醒め際にはもしかしたら海の底の音がきこえるのかも知れない。

　わたしはいつの間にか母と手術台の上に並んでいる思いになる。一緒に横になり、過ぎた日々を思う。

——直子が死んでしまって、わたしが生きてしまったからでしょう。

——何のことあんたは言ってるのか、わたしゃわからないよ。

——何だかいろいろのことききたいの、ほんとうのこと言って。

——仕事のことばかりじゃないだろ、あんたの言いたいことは。わたしゃ知らぬふりしていたけどね。

——そうなの、わたしは直子が生き残ったとしたら、どうだったのかしらということばっかり考えてきたのよ。

――それは無駄なことだったね、あんたは無駄なことばかりしてきたね。

――なるようにしかならないということは、わたしだって知っているけど、かあさんのようには割り切れないのよ。

――あんたはわたしに対して素直じゃなかったし、黙って反対のことしていただろう。

――どうして今になって、わたしたちこんなこと話し合ってるの。わたし生まれてはじめてかあさんと話してる気がする。

――いい年をして、あんたって子は、いつまでたっても、妙な意地を張り通して手強い娘のままだね。

――ねぇ、かあさん、かあさんはわたしのことずっと恥ずかしい娘と思ってきたの。

――とんでもない自慢の娘ですよ。かあさんの口から言わなくてもあんたはずっと承知していたろうに。

――……。

――おや、あんたは、今ちっともどもっていないじゃないか。

――あら、わたし気がつかなかった。かあさんていやぁね、なんでも気がついちゃって。

わたしは横を向いて母の顔をみる。形よく整った鼻が妙に高く見える。今までわたしと話していたのが不思議だ。まるで血が通っていない蝋の人形ではないか。開いている眼も何も見ようとはしていない。いや、見えなくなっているのかも知れない。わたしは起きあがって、母の顔に自分の顔を近づけてみる。母の眼はわたしを通り越して、わたしの後を見ている。やはり、直子を求めている眼だ。父を追っている眼でもある。

わたしは手術室の前にいる。今しばらく、自分の中に巣食う塊りに思いを寄せていよう。まだ、生きるのが赦されるなら。

わたしはかつら作りの仕事から逃げ出したくてたまらなかった。いや、鱗を立てる毛髪そのものを嫌悪していた。鱗がひらひらしているのがいやなのだ。鱗のひとひらひとひらが、わたしを責め、脅かす。鱗にこめられているのは、劣等感とか僻み、人に愛されたいという執劫なまでの願望……。それらが寄り集まって、もろもろの妄想をかもし出す。このまま鱗を立てる毛髪に取り固まれて暮らしていたら、自分はどんな人間になってしまうのやら……。ただ、ひたすら逃げ出したかった。

その気持は父からも母からも無視された。お前はそれしか能がない、と無言で言われていた。たしかにその通りだったが、わたしはどんな方法をとってでも仕事を止めたかった。決意していた。考えた末の手段は家を出てしまうことだった。その先に何が待っているのかわからないが、それしかない。身の廻りを整理し、小さな荷物も出来ていた。置き手紙も書いてあった。

わたしが妙なことを考えたから、思いがけない事態が起きた。直子が死んでいったときもそうだった。わたしがむきになって自分を通そうとしたときに起きる現象だ。

戦後の復興と共に、直子が渡れなかったあのコンクリートの長い橋を渡りこの町に移り住んだ父の仕事は順調だった。わたしたち一家は景気のよい思いをしたこともある。

それなのに、わたしが家を出ることを決意した途端、父親が交通事故で死んだ。一家を支える者がいなくなったのだ。


「とうさんの残したものは底をついて、あんたの仕事のおかげで上の学校へも行けたというのに贅沢言って。わたしゃ何もにおわないのにね。神経質すぎるよ、あの子たちはこの家をいやがった」

「私でさえ好まないにおい。嫌うのは当然よ。それにあの子たち頑張って奨学金も貰ったし、ずい分、助けられたものよ」

わたしは弟たちの肩をもつ。あんたは人がよすぎるよ。そう言っていた母も、わたしが結婚して家を離れると、その家には独りでいられなかった。独りになった家の中では毛髪の精が母に取り憑いてしまうのかも知れない。母には毛髪の並んだ敷布に眠ることはできまい。

わたしの相手は仕事を廻してくれる問屋筋の男で、わたしが二度目の結婚だという。男関係がなく性格が大人しければ、ほかに何も望まないという。わたしの年齢や容貌については問題にもしなかった。ヘアーウイッグの工場をもっていたが、わたしに仕事はさせなかった。大雑把な男に安心したのか、母は自分も身を寄せたくなったものらしい。わたしも髪の毛の匂いと縁が切れたし、鱗のひらひらからも開放されたのだ。母にも同じ思いを味あわせたかった。

「毛深い男は、情が濃いからねぇ。とうさんも毛深かったんだよ」

母の言う通り情が濃いというのか、優しく大切にされた。わたしは分を過ぎた扱われ方に慣れず戸惑った。わたしにとって眩しすぎる安穏な日が続いた。

幸せというものが、どうにもわたしにはふさわしくない。独り占めにしている気がして、次第に落ちつけなくなっていた。そして、母が一緒に住み始める段取りになる。そのきっかけを作り、母を招き寄せたのはわたしなのかも知れない。

ある夜、母の眼に気がついた。わたしたちの寝室にだけ付いているドアの鍵、その鍵穴にその眼があった。

敷布が急に髪の毛の並んだものになる。その上に横たわってわたしは冷えていくばかりだった。夫の肌に生えている硬い毛は、わたしが植え込んだもののように思われてきた。

僅かの期間忘れていた髪の毛の精は、またわたしの外側に纏わりついた。その上、内側にまで入り込み蠢き出した。

直子が結婚しても、母はやはり覗くのだろうか。わたしが人並みの女になれるなど、訝しいだけなのだ。それとも、死んでしまった自分の夫が娘の夫と重なってみえるのか。思い違いだ、錯覚だと思いたかったが、駄目だった。母の眼が執拗に貼りつくのだった。

わたしは、はっとして息を呑む。母の眼だと思っていたが、直子の眼ではないのか。直子は幼くして死んだが、わたしの中ではふたつ違いのまま、共に生きてきたのだから。いや、直子はずっとわたしと一緒でいながら、結婚してからなぜか消えていたのだ。直子はわたしと一緒に生きてきた。直子が陽の部分を受け持ち、わたしは陰の部分を受け持って仲よくやってきた。その直子をどうしてか置き去りにした。忘れていた。執拗な眼で見られても仕方ない。

それからわたしは漸く気がついた。その眼がわたし自身のものだということに。直子がそんなことをするはずはないのだから……。そしてわたしという人間そのものが、逆さに植えられて鱗をひらひらさせている毛髪の一本であり、逆さであるが故に鱗をひらひらさせるしかない生き方をしているのだということも……。

さいわいわたしは自立していけた。手仕事を身につけていたことは、母への感謝に繋がった。わたしはそれしか能がない。だから、離婚したあとも仕事に戻った。肌はさらに白くなり、昌夫たちの嫌う臭いを発した。仕事部屋だけでなく家中が姉ちゃんのにおいだ……就職したばかりの二人の口癖だった。

わたしは、また髪の毛の並んだ敷布に体を沈める繰り返しになった。

その後わたしは独り遠くへ住いを移したが、髪の毛だけは引きずっていった。過ぎてきた歳月に思いをこらしてみるしかない。関りを持った数少ない人に向かい合う自分の姿を眺めやってみたり、顔も知らない無数の人たちのその一部である髪の毛の囁きに、耳を傾けたりの日々だった。それでも、笑くぼの出る可愛い直子が現れると、わたしは意味もなく笑い上戸になっている。

気がついたとき、四十代も終りになろうとしていた。癌の集団検診にふらふら参加していた。日時を指定されて、大きな病院へ再検査に行くよう通知を受けた。何回かややこしい検査をしている。

母がいつも口にしていたことを思い出した。

「あんたは何でも悪い方へ悪い方へと考える癖があるよ。わたしなんか、よい方へよい方へと向けていくから、この年になるまで病気ひとつしやしない。やれ頭が痛い、肩だ腕だ、年中どこかが痛いなんて、あんたの心がけからくるもんだよ」

女が本を読んだりすると、ろくなことにはならないというのが母の持論だった。

「知ることの不幸、知らないことの幸せだよ。男でもないのに難しいことで頭を使うこたぁないんだよ」

母みたいにあっけらかんと言いたい放題のことを言えたらよいのに……。

わたしの口から思いがけないほどの大きな声が出ていた。母が傍にいるわけでもないのに、ひどくどもった。

「かあさん、あんたこそ、あんたこそ癌にでもなってしまえばいいのよ」

母はたしかに生きたいように生きている。母がそうすることで、周りは自然にそれに添って動いてしまう。わたしはその反対だ。

癌検診をしてしまったばかりに、わたしはそのことに気が奪われて仕事をしていない。二ヵ月の間、髪の毛を傍において何をしていたのだろう。終日わたしは炬燵に入っていた気がする。わたしは間違いなく癌なのだ。やみくもに、小説だけは書いてはいた。

母はかねて激しく人を愛した。また愛されもしたはずだ。それを失ったにしろ、その余韻に頼って生きられもしたろう。母はいわば幸せな人なのだ。

検査の結果が出た、説明をするから、という知らせを受け取った。わたしは出かけた。いよいよ宣告を受けるのだ。わたしは病院の前に行きながら、入っていけなかった。気がついたとき、母のところにいた。

わたしは自分のことに取り紛れて二ヵ月も母のところに来ていなかったことに、漸く気がついた。

行き場を失って足が向くところはやはり母のもとなのか……。

母自身は何も気がついていないが、その顔の色はただごとでない変り方だ。わたしの知る限りの癌の知識が総動員され、母はそれに該当してしまった。

わたしは自分が癌なのかも知れないという苦痛を忘れた。母にかかりきった。紛れもなくわたしがレールに乗せたのだ。

わたしはあれきり髪のにおいのする自分の住いに戻っていない。

今日で何日になるのだろう。

母は手術室からまだ運び出されてこない。わたしは弟たちをちらっと見てから、手術室の前を離れた。廊下に出た。

大きな窓はよく拭きこまれ、曇りひとつない。窓いっぱいが空だった。空は青い。こんなに青く見えることは珍しい。わたしは雲のない空を眺めた。

母を癌に追い込んでいったのはわたしなのだ。

検診を受けてしまったばかりに、疑わしいとされたわたしは、ずっと悩み通してきた。自分のことばかりに考えをめぐらした。決して戻ってこない過ぎてしまった時間を惜しむだけ惜しみもした。その時間の流れの中で、わたしは老いた母が健康なのが理不尽に思われた。母が充分生きた分だけ、わたしは生きそこなっている。今死にたくない。少しでも命を与えられるなら、生き直してみせる。僅かでも別人生を歩いてから死にたい。母が身替りになってくれてもよいはずだ。

母はわたしのそんな思いに蝕まれ、ほんとうに癌になってしまった。母は引き受けてしまったのだ。

あんたがそう思っているのなら、そうだろうよ……。

あっけらかんと母らしい態度で、わたしの邪な願いを飲み込んでしまった。

母を犠牲にしてまで生きなければならない生がわたしにあるのだろうか。

青い空の遠くの方から光ったものが近づいて、飛行機の形になった。飛行機が通りすぎたあとで音がした。直子が死んだ日のことが思われる。直子が隣に立っている。

空に白いチョークで描いたような雲が残った。白い線は長く尾を曳いた。線はゆっくりとぼやけていく。真綿のような柔らかさで長く薄く伸ばされ、青い中に浮かんでいる。わたしはその先の方から雲をたぐりよせてみたいと思う。真綿は柔らかく暖かい上に強くて切れない。そっと引っ張って、この首に巻きつけたい。さぞ暖かいことだろう。そして少しずつ、きつく絞めていこう。

# ガラスの光

足の裏には、そしてわたしの胸には痛みが走る。サンダルを通して確実に足の裏にも胸にも届いた。亡夫はこの痛みを好んだのか。

わたしはむきになって、右足を、左足を交互に高く上げては、ガラスを粉々にしていくことに熱中する。踏んだ。踏みにじった。毀れた破片の上を木のサンダルが踏みしめている。ギュシュギュシュ、その音がわたしの鼓膜をひっかく。そして、昔を呼び覚ます。亡き夫の懸命な、足音高くの、ガラスを踏む音が、ここでしているではないか。わたしはその音に勢いを得て、丁寧に、執拗に、さらに小さく粉微塵にと足を動かし続ける。憑かれたわたしは、すでに自分の意志ではないものによって自在に動かされている。

あの頃とまったく同じ情景が、今ここで孫の佑によって演じられたというのか。わたしは慌てて、わたしが今ここにいるそのことの意味を、手繰り寄せようとした。

少しの間、何が何やら分からない空っぽの中を漂う。漂いながら、なおも、わたしは、すっかり大人になってしまった佑を見詰めていたろうか。呑んだくれて、のびてしまって、ソファーで横になっている佑を……。

亡夫の怒号がわたしの耳を圧し、弾みをつける。今、それが、わたしにはちっともいやではない。夫とわたしが踏みしだく音が、足元から大挙して鼓膜に押し入ってくる。三十代の夫の声が、足が、まさしく踏んでいるではないか。その勇ましい音がわたしをなお一層励ます。活気づく。わたしは佑の代行者だ。

このガラスを踏んでいる最中、わたしは何も考えないようにしていた。何しろ悪魔にこの仕事を課せられているのだから。純粋にその仕事に没頭していなければならないのだ。仕事をしている振りだけだと見破られたら、現在生きている佑や、昔、生きていた佑の祖父の身に何が起きるやら……。

破片を中途半端にしておいてはならない。今、亡夫がしているようにわたしもそれを手伝わなければ……。微塵に踏みしだいてしまわねばならない。砕いても砕いても砕き切れない。ひたすら孫の佑のことだけを考えていたいのだ。この部屋に充満しているアルコールの臭いや、いったん体を通って出てくる蒸れた臭いなどが、佑のものであってはならない。何で酒を呑んでこんなに荒れなければならなかったのか。佑の祖父にそういうときがあったからといって、別に、荒れ方、乱れ方まで遺伝に添うことはない。酒で何かを誤魔化そうなんて……たとえ悪魔に乗り移られたとしても。これまで何回もあったらしいが今夜のことだけ、これっきりにして欲しい。

わたしの貧しい想像力が、ここへ駆けつけたときの惨状を眼にしてから、成り行きのひとつひとつを紐解いていこうとしているのだが……。

昔を思い出してしまう自分に、わたしは辟易し、わざと強くガラスを踏みにじってもいたのだった。それしかなかった。ただそれだけが佑を救う手立てだと……。そのうちにすっかり悪魔の手のうちに入ってしまったのだ。

昔と今、いまや渾然となって調和さえしている。全身に汗が噴き出てきた。何かをやり遂げたという達成感。その満足度に浸される。

小さく砕かれたいろいろな色のガラスの粒たちを掃き寄せる。ガラスの粒が煌きながら山を作っていく。はからずも出来た山、飽かずに眺めていたいほどわたしを惹き込む。この山を崩してはならない。ガラスの山は、ときどき小さな雪崩を作ってひそやかな音をさせる。さっきの踏みしだかれるときの身の縮むような軋みの音ではない。囁くようにやさしげな音をさせている。わたしはそのガラスの山を崩しかねていた。あっさり処分出来ない何かがある。ずっとここに、そっとして置きたい。佑に見せたい。この煌き耀いているまたとない稀有な山を。しかし、はたと思う。

佑にこのガラスの残骸を見せる必要はないだろう。

わたしはガラス片を残らずビニール袋に納める。もう一枚ビニール袋を重ねる。袋を持ち上げゆすってみる。きらきらと音がする。微細な美しい音色。もし月の光が音をさせるとしたら、このようなかそけき音かも知れない。

ほら、まんまるお月さん、のんのんさん。と佑を抱いて、小さな手を取り、人差指を立たせ、わたしの指も重ねて立て、満月を指さし「月よ」と、教えたことがある。

まだマンマぐらいしか、その綻びた唇から洩れたことがなかったのに、佑ははっきりした発音で、小首を傾げながら「ツッキ」と言ったのだ。それからは誰よりも先に月を見つけては、佑は人差指で指さして「ツッキ」と発音した。昼の月のこともある。

「ツッキ」。

たっぷり眠って目覚めたら、ガラスの欠片で出来た似せものの月など必要な佑ではなくなっているはずだ。

長の無沙汰を忘れ、母親のわたしを呼ぶしかなかった聡子は、よほど心細かったのだろう。息子の佑に度々暴れられ、夫は海外に出張中だった。酒乱だった父親の有様そっくりの昔が、自分の息子によって再現されるのを目の当たりにした聡子の脅えようが、わたしには分かる。

聡子からの急な電話でわたしが駆けつけた時、すでに騒ぎは納まっていた。床に転がった鍋や薬缶。割れたポットからきらきらした湯がながれていて、その周りにグラスが彩りも鮮やかに割れ、飛び散っていた。

佑はその荒れ果てた部屋のソファーに泥酔した体を投げ出し、ぐっすりと寝込んでいた。

体ばっかり大きくなっても、わたしの目にはまだあどけなさが残って見えた。いつの間にか社会人になってしまっても、一番好きな人はおばあちゃんだと、こっそりわたしに教えてくれた小学生の佑と変らない。

疲れ切った体で、なお話し続けようとする聡子を二階の寝室に上げてしまってから、わたしは部屋の片付けに取りかかった。

あれは悪魔としか言いようがない。わたしはただ単に散らかったガラスたちを片付けることしか念頭になかったのに、囁かれたのだ。

中途半端なんか、ちゃんちゃら可笑しい、と。物をぶん投げるだけでなく、それを最後まで破壊しなければ、終りがこないのだと。

片付けも最後の段階で、薄いガラスの欠片だけになって、塵取りに集めたところだった。思わず、わたしは拾い集めたばかりの欠片たちを三和土に落としてしまった。そして、そこに下り立ち、そこにあったサンダルに足を通していた。その瞬間、わたしは自分の足が亡き夫の大きな足になっていることを感じた。さっき聞こえたのも夫の声だったことに、はたと気がついた。その声は、何かの指示を与えようとしている。佑もこの声をきいたのか……。

しかしそれは、夫の声をかりた悪魔の声なのかも知れない。

その声に従えば、佑は仕事をやりかけたまま、疲れ果てて眠ってしまった。だから、後の半分を引き受ける人がいなくてはならないのだ。そのために、わたしはここに来ている。呼ばれてきた。言われるまでもない。佑に加担し、加勢する。わたしに迷いは無かった。佑の味方になりたいだけ。物を壊したい、投げつけたいという佑の気持が、わたしには理解出来たから。

夫に対して理解を示せなかった若かった頃のわたし、その反動のように、今、何かが分かりかけている。ガラスを踏みしだく音に背骨を寒がらせ、脅え、疎ましく思い、忌避することでしか生きようがなかったあのとき、夫とともにガラスを踏みしだいていたら……今頃になって夫はここに出てきはしなかったろう。佑に乗り移ったりするはずがない。

「明日また来るね」

わたしは、死んだようになって眠ったままの佑に小声でそういうと、部屋を後にした。目覚めたときに当然わたしがいると思いこんでいる聡子にも、胸の中でそう囁きかけ、音を忍ばせ玄関のドアを閉めた。

もと通りに片付いた部屋。明日の朝、きっと娘と佑の一日はいつも通り始まるに違いない。居るはずのないわたしがそこにいたら、佑は当惑するだろう。わたしはガラスの粒々の入った袋をかかえ、夜道を駅へと向った。

街灯をよけて歩く。このままこの闇の中に紛れてしまえたら、それもよいと思いながら歩いている。この思いは今夜に限ったことではない。

右の乳房がひんやりしている。わたしの体温がガラスの粒々に伝わっていく。砕かれたガラスの群れの隙間を、わたしの体の中を巡っている血液が、ゆっくり流れ込んでいく。歩くたびに、ガラスの音が微かに聴こえる。

こうして抱いているのは、単なる砕けたガラスではない。砕けることに意味のあったガラスの粒たち。この欠片たちといっしょに、佑や聡子の不安や悲しみもあの家から運び出すことができたら……。


病院の付添婦をやっているわたしが、自分のアパートに帰るのは、一ヶ月のうち何日でもない。肩幅くらいの狭い折りたたみベッドで仮眠をとるのに慣れていても、手足を伸ばして眠れるのはやはり嬉しい。ささやかでも、わたしにはただ一つの自分の場所だ。

電車を乗り継いでようやく辿り着いたアパートのドアは、軋みながら開いてわたしを迎えた。黴臭さが鼻をつく。窓を開け放す。わたしに纏いついていたものと同じ闇の空気が、いっせいに入りこんでくる。

四畳半の畳の上を這いずりまわって空拭きをする。茶を淹れるための湯を沸かすのも面倒になり、布団を引きずり出してもぐりこむ。湿った感触に包みこまれる。わたしの匂いがする。わたし自身の温もりの中に帰ってきたのだ。

わたしは枕元のガラスの包みを引き寄せ、頬近くに置いた。わたしが唇を寄せたのか、ガラスの包みの方がわたしの頬にしな垂れかかってきたのか。

闇の匂いをまだ残しているガラスの粒たちを胸の上に移すと、乳房の谷に重みがかかり、右と左に等分に広がった。

やっぱり聴こえるよ。月の光る音が……。

口に出してそう言ってみた。そんな自分の声を遠くに聞きながら、わたしは眠りに落ちてしまったらしい。

わたしは自分の死んでいるのを眺めている。死ぬには不足のない年になって、ひっそり死んでいる。死ぬまでには思い切り山登りがしたかった。それも雪山がいい、その中に身をおいてみたいという願望があった。その願いをまっとうして死んでしまった。雪がやさしく降っている。ふんわりと暖かそうに死体を蔽っていく。その胸の上に小さな包みがある。わたしがそれに手を触れると、ひそやかな音が雪の降る中に吸いこまれていった。わたしの掌に、小さなガラスの粒たちが握られた。わたしはわたしの死体の上に万遍なくそれを撒く。月の光と同じ光を放ちながら、ガラスの粒たちは落ちていく。清らかな音色が震えながら雪の上を渡っていった。

いつものように目覚めると同時に床を離れることはせず、わたしは体を横たえたまま、今見た夢について考えていた。他にもっと考えなければならないものがあるのを感じていたが、先送りしようとしていたのだろうか。

今朝はまず、公衆電話で昨日急に仕事を休ませて貰ったことを詫び、もう一日休みをもらえるよう、頼まなければならない。今日は日曜だが、長年勤めているわたしの職場に、曜日は関係ない。

そして、一番考えなければならない昨日のこと……聡子のこと……酔い潰れて眠っていた佑のこと……散らばっていたガラスの欠片のこと……。

夫は死の二年前から、ひどい酒乱になっていた。わたしはその酒乱という現象だけに捉えられ、逃げ廻っていた。怖がってだけいた。ガラスを踏みしだかれるとき、わたしは自分の背骨が砕かれているかと思う。恐怖と痛みに耐えかねて、呼吸困難になった。

酒を呑まなくなりさえすれば……。わたしは医師に相談にいった。

アルコール中毒に詳しい医師に紹介された。素人療法は難しい。本人の意志によって入院し治療するのが好ましい。治る確率も高いのだと……。夫は聞く耳をもたなかった。かえって酒乱を嵩じさせる結果になった。ある日、屈強な男四人がやってきた。強制入院だ。禁断症状は家族に見せられるものではない。面会謝絶。

わたしは酒さえ絶ってくれたら、と手を合せていた。自分の心の中を覗き見ることが出来たら、あまりの冥さに逃げ出したろう。冥い淵が口を開けている。でも、眼を背けられない。背けた途端、その淵の中に引きずり込まれていく。わたしの心は始めは冥い淵などではなかった。精や根が湧き出る泉だった。戦死の公報が入ったときも、戦争が負けたときも、涸れはしなかった。聡子がいたから。

夫は戦後すぐ復員してきた。誤報だったのだ。疎開していた家の庭先に夫が立っていた。亡霊かと思った。生きて帰ってくるのだと信じていたが……夫の足を撫で確めていた。親族一同喜んでいる中で、夫だけは浮かぬ顔をしていた。精神も肉体もぼろぼろになって、自分の墓の前に立ち尽くしていた。幼い聡子はわたしの腰にしがみつき、見ず知らずの男の姿を気味悪がり、こわいと言って泣きじゃくった。戦地から眼には見えない何かを引きずってきた夫。不透明な膜に幾重にも覆われていて、誰をも寄せつけなかった。しまいに腑抜けと囁かれるようになり、先行きの見通しもないままに、村から出ていくしかなかった。

わたしは病院の付添婦になり、家に帰る時間もなかった。聡子は夫まかせだった。戦争のせいにしたところでどうなるものでもない。戦争で何を見てきたのか知らないが……。過去は過去だ。今日と明日に向って欲しい。わたしは小賢しいことを口にもしたし、生計を立てているのはわたしだという嵩にかかった物言いもしたろう。そんな中でも夫は男だった。孝雄が生まれた。孝雄を育てるのは、夫だった。孝雄によって夫は生気を吹き込まれていくようだった。

孝雄がよちよち歩きを始めると、夫は海へ連れていくと言い出した。夫は海軍に引っ張られたのだった。この海行きとどんな関りがあるのだろうか。家族揃っての海水浴だ、と夫の執拗な誘いだった。わたしは孝雄はまだ幼すぎると反対し、そんな贅沢はできないのだ、とも言っていた。それほど行きたいなら、勝手にすれば、と財布を投げ出した。夫は出かけた。二人の子供は引っ張られるようにしてついていく。わたしはただ休息が欲しかった。ごろりとふて寝しようと思っても、一緒に行かれなかったことの後味の悪さに閉口し、いっときも安らがなかった。

あの強引な出かけ方には意志的なものがあった。何か異常だった。そこに、孤独さが漲っていたような……。戦争に行く前はああではなかった。何が人間を変えるのか。触れてはいけない気がして、口にしたこともなかったが、避けてはいけないことだったのではないか。胸中のものを思い切り吐き出させてやればよかったのだ。

今頃は海辺で遊んでいるだろう。強い陽射しだ。砂浜での三人の姿に、自分を加えてみようとした。波しぶきに声をあげる家族の団欒の光景を描こうとして、わたしは拒絶された。波の音だけは、はっきりしているのに、三人の姿はない。打ち寄せる潮の匂い、磯の香りもしているのに誰も浜辺にいない。人の影さえない。水平線の彼方まで、船の影もない。波打ち際には白い泡を蹴立てて波がやってきている。が、そこに戯れている者はいない。ぎらぎらした海水浴日和なのだ。不安に息がつまり、家を出たり入ったりを繰り返す。

不自然な砂の山が大小三つあるのに気がつく。今までなんで気がつかなかったのか。三人はかくれんぼをしていたのだ。大きな砂山が父親、小さい方の二つ、少し大きい方が聡子、何も孝雄までわたしから隠れなくともよいではないか。

よく見ると、三つの砂山からきらきらと白い砂が流れ落ちている。流れ続けて砂山は小さくなっていく。どこまでも砂だけだ。

その日の夕方、

「こいつの元気なのには呆れたよ。ずっと海に入りっぱなしでさ。波打ち際においておけばご機嫌で、少しでも昼寝させようと思っても興奮しちゃって寝なかったんだ、とうとう」

孝雄は海の夕映えを貼りつけたような赤い顔をして、父親の腕の中で寝入っていた。畳の上に転がされ、海辺の匂いを発散させている二人の子供の顔を見ながら、夫はぽつりと言った。

「俺も働きに出ようか」

わたしは自分の耳を疑った。もう一度言って欲しいと思いながら、それを口にするのが照れ臭く、仕事に出る時間をよいことに、そそくさと家を出た。わたしは歩きながら目頭をぬぐった。白砂の山がきらきら崩れていくのを覚えて、出てきた家を振り返った。あれがわたしたち家族の住む家だ。あそこに、わたしも、夜はいつでもいられるようにしなければならない。そう自分に言い聞かせて仕事先へ足を早めた。

その夜は勤め先の病院で三人もの赤子が生まれ、わたしは忙しかった。一段落したとき家主から電話が入り、わたしは息を切らせて走った。往診の終った医師が家を出てきたところだった。

「無茶しちゃ駄目ですよ。あんな小さい子を海へ連れていくなんて、殺しにいくようなものです。今夜ひと晩が峠ですな」

顔を見るなり、こっぴどく叱られた。息をはずませ、胸を抑えているわたしを軽蔑と憐れみの眼で眺め、医師は背を向けた。

日射病に罹り、孝雄は火の玉になって端いでいた。命はとりとめたが、高熱のせいで脳膜炎を併発し、知恵遅れになってしまった。虚ろな眼になって、にたにたと笑い、涎を流し続ける孝雄を抱き、夫の病院巡りが始まった。何にでも興味を示し、人一倍表情が豊かだった孝雄、病気になる前の活き活きしていた孝雄を求める夫の巡礼の姿は、壮絶だった。彼はわたしに一切手を出させなかった。修行僧のように孝雄に仕えた。わたしは二人からはじき出され、閉め出された。海へ行かなかった罰は受けなければならない。

春を前にして、孝雄は幼いまま生命を終えた。ふとした風邪がもとだった。淡い春雪がうっすら窓に貼りついた夜更けに逝った。

夫は呑めない酒を呑むようになった。酒の量は増えていった。寡黙だった彼は、今や、喋りまくり、大きな声で喚きたてる。わたしも吠えたい。彼を罵りたい。孝雄を海へなど連れて行くからだ。呑んだくれるなど、甘えるもいい加減にしてくれ。煮え滾る心のうちを抑えることで心臓が捩れた。しかし、わたしには夫が怖くてならない存在になっていた。

彼の饒舌はとどまるところを知らない。こうして呑んだくれるのも、孝雄を失った口惜しさなのだ。母親のお前が母らしい愛情のひとつも見せないで、海に行くさえ文句を並べて、ぐうたらと寝ている神経がたまらない。おお、厭な女だ、穢らわしい、ぞっとする。

妻への不満を肴に酒を呑み、ガラスを壊し踏みしだく。その勢いをつけさせるための酒代稼ぎに、昼夜仕事をしているわたしは何なのだろう。わたしは竈焚き、どんどん石炭を投げ込む。夫は機関車。

聡子が小学校から家庭調書のようなものを持ってきた。聡子は、父親の職業欄に何て書けばよいの、と聞いてきた。わたしと聡子は顔を見合わせ、沈黙した。そのあとで、異口同音に、酒乱業？　と口にして、笑ったのだったか、泣いたのだったか。何が何でも酒を断ってもらおうと、母娘は誓い合った。禁酒、禁煙。夫自身が書いた誓いの半紙が、幾重にも鴨居からぶら下がっている下での母娘の相談だった。それが、断酒のための入院だった。

わたしの中の泉が涸れ始めたのは、その頃からだった。その涸れたところが空洞になり、淵になった。その淵の穴の底から湿り気を帯びた声がする。余韻を引く遠くからの声。好きにさせてやれ……。

わたしは耳を塞いでいた。

入院三日後、夫の急死が伝えられた。心臓が弱っていたという。あのがっしりした夫は壊された。戦争からも死なずに戻ってきたというのに。

電話ひとつで慌てて仕事場から駆けつけたとはいえ、昨日のわたしの身なりときたら、ひどいものだったに違いない。ズック穿きに買物袋を膨らませ、ときどきそれを肩に担いでの駆け足だったのだから。

今日わたしは、買ってはみたものの、派手な気がして一度も身につけなかったワンピースを着て、型は少し古いが、お気に入りの茶色のハンドバッグを下げている。佑に向けてのせめてものお洒落だ。

昨日、佑の寝顔だけを見て帰ったわたしの気持を汲んで、聡子は何事もなかったかのように、久し振りに孫の顔を見に来た母親を迎えてくれるだろう。

わたしはまだ早い午前の新興住宅地の中を、聡子と佑に向けて歩く。角を曲がれば聡子の家だ。曲がろうとして救急車を眼にする。赤いランプが廻っているが、サイレンは鳴っていない。こんなに朝早くから何ごとだろう。

窓から顔を出して聡子の家の方を見ている人、ベッドの温もりをまとったままの女たち。

一瞬、世の中からすべての音が止まる。色彩も抜けていく。

急に、ざわめきが、色が、ガラスの欠片が氾濫し、わたしめがけて押寄せてくる。

行く手が壁になる。何かが張り巡らされた。屏風だ。人々は屏風に描かれているだけだ。

屏風がまるごとわたしに倒れこんでくる。倒れながら屏風が裂ける。

「あれでは警察呼ぶしかないでしょ」

裂けたところから、声が飛び出してきた。パトカーも眼に飛びこんできた。

しっかりしなければ、聡子や佑の傍にわたしがいてやらなければ……。眼の前がガラスの粒々に覆われる。

気がつくと、地面に手をついていた。気を失ってはならない……。

立ち上がろうとして、地面がぐんぐん膨らんでくるのを見る。尖ったガラスの粒々がさらさらと降り注ぐ。

白く鈍く光る地面が向こう側に反ったと思うと、逆転して、わたしの上に覆い被さってきた。

# むかごでほいッ

いちじく、にんじん、さんしょでしいたけ、ごほうでむかごで、ほいッ。ななくさ、やきいも、きゅうりで、とうがん……千代はわれ知らずして口ずさんでいた。子供のときからの遊び唄に、漸く強張っていた頬が緩んだのを覚えた。千代はお手玉もおはじきも得意だった。誰にも負けなかった。千代ちゃんに敵うものはいない、とよく言われたものだ。

今日この頃では、亭主が居ないのにも馴れている千代だが、次女を分娩してお七夜になるというのに……爺ちゃんの口癖を使ってみたくもなる。ほんとうに一体どこをうろついているのやら……。

世間に名だたるうるさい舅と八人の使用人、この赤子をいれて三人の子供、この所帯を切り回すことに不服を言う千代ではない。女房を信頼しているからこそ、こうして任せきりにできるのだから、と、いくら思ってみても、子を生み落した後で、常とは違うせいか、千代は、まんじりともしない夜を過ごしてきた。これでは出るおっぱいも止まってしまう。と、舅に、心配されてもしかたがない。しかし、どこまで達者にできているのやら、赤子のために乳は溢れるほど出ている。現に、まるで、自分の体の一部分とも思えないほど膨らみ、大きくなって、お前の肌はなんて白いのだ、雪のように眩しい。と呆れられたこの白さは、今では中に乳をいっぱい溜めているせいで、白いを通り越して青くさえ見える。おっぱいを蓄えておくために、皮膚は薄く延ばされてしまったからだ。

乳は溢れるほど出てますから心配ご無用と言って、この乳房を舅に見せてやりたいぐらいだ。千代は両の掌をいっぱいに開いて、寝巻きの上から火照った両の乳房を持ちあげる。

お七夜になるのだから名前を決めなければならない。と、千代は赤子の祖父である敬助に相談した。が、それは父親正助のすべきことだ、と一言いって敬助はにべもなかった。

出産を前にした産婦がいるというのに、亭主が家にいないとは、一家をなしている者のすることか。と、正助に向けての、敬助のいまいましさは、赤子が産まれてしまった今も続いている。しかし、敬助自身にも負い目がある。

早くに妻子を捨てた敬助である。出た先で暮らした女に死なれてから、急に息子の噂が耳に入る。正助が嫁を貰っていっぱしにやっているという。捨てた妻もすでに亡き人になっていると知って、胃の持病で苦しんでいたときでもあり、正助を頼って転がり込んだのである。尻はしょりに藁草履ばき姿、リヤカーに一組の夜具と瀬戸の青火鉢を乗せただけの荷、それを曳いてのご入城だった。床屋ならぬ理容館と称して職人を何人もおき、小僧も使い、羽振りのよい正助は、何も言わず、何も訊かず、敬助を受け入れ、ご隠居さん、と店の者たちに呼ばせた。千代はその日から、舅づとめをすることになる。

千代は、まだおっぱいくさいだけの小さな塊のこの赤子が、いつまでも名無しのままでいるのがまたも不憫に思われ、むずかり出した名無しの権兵衛さんを抱きあげると、乳を含ませながら小さな背をまるく包みこむ。父ちゃんがいてさえくれれば、墨を摺って達筆な字で、命名、と書き、その下に新しい名前が誕生するはずなのに。

上の二人の出産は晴れやかなものだった。枕元の鴨居からぶら下がった半紙に、黒々と書かれた初産のときの〝久代〟と、長男の〝武〟のときが思い出される。その書かれた半紙を産褥の床から見上げ、父ちゃんって字がうまい……と誇らしくもあり、天下を取った気になったものだ。あれがなければ、誕生したしるしにならないではないか。

何しろ、あの人は小学校の四年で丁稚奉公にだされたというのに、独学で法律まで学んで、そのために国会図書館にまで通ったと言っていた。それだから、この若さで理容組合の会長にまでなれたのさ、と自慢していたじゃないか。役職があるから多忙なのは仕方ない、と言っているが、それを隠れ蓑にして遊んでいるのくらい知っている。自分でもいい男と思い周りもそれを認めているからいけない。いい気になっている。生まれた村で、唯一の成功者ということになっているのもよくない。貧乏で、卒業出来なかったその小学校に、少年少女のためのなんとやらいう全集本を贈ったりして、校長から、感謝状など貰ったのを、額に入れて飾り、得々としているのは、千代にとって嬉しいばかりでもない。亭主の正助はどんどん遠くに行ってしまう。

自分に都合悪いことは、みんな女房に押し付けている。しっかりものだの、賢いだのと言われて、そのおだてに乗っている千代も千代なのだが、引くに引けない意地もある。それに、喧し屋で頑固爺いと評判の敬助でさえ、千代には一目置いている、とどこでも評判だぞ。と、正助は教えてくれたではないか。

それにしても、何のせいであろうとも、その子供がいくらなんでも、こうしていつまでも権兵衛さん呼ばわりをされているのは、可哀想だ。誰もこの赤子を名無しの権兵衛さんなどと言ってはいない、千代自身が言っているだけなのだが。もういい、母ちゃんがつける。名前を決める。いくら女の大事業である出産をしたからといって、いつまでもこうしちゃいられない、産褥だなんて言って二十一日間も寝ている身分じゃないのだ。

この権兵衛さんはどうだ、産婆を呼びにいくのも間に合わず、勝手に一人でこの世に出て来てしまったのだ。父ちゃんなんか最初からこの赤子は当てにもしていないじゃないか。雪が降って寒い明け方だったから、この権兵衛さんは産婆がくるまでに凍ってしまったぐらいなのだ。そうして、蘇りもしたのだ。

産気づいて、わあ、大変、父ちゃんがいなくてもこの子は生まれてくる気だ。小僧を起こして、産婆を呼びにやってくれ、と敬助に頼んだら、千代が言い終わらぬうちに、敬助は尻はしょりをして家を飛び出してい行った。そして、小さな産婆を背負って戻って来た。背負われてきた産婆の方がハアハアと息を切らせていた。その息の下から、この赤子はオチンチン忘れて生まれてきてしまったのだよ、きっと。と言い、投げておいても育つお子だ、と付け加えた。まあまあ、臍納まで凍ってしまって……。額に汗しながら、凍った後でもこうして生き始めるなんてね。と、産婆は一人で頷きながら、凍った赤子はわたしも始めてだよ、と、呟き、感に堪えぬ面持ちで、赤子のちっちゃな胸に耳を押しつけてうんうんと頷いていた。

千代は、盥からもうもうと上っている白い湯気の中のそうした出産どきの光景を思い出し、この赤子は普通じゃない。捨てておいても生きていける。わたしはその母親だもの、ちゃんと生きていけるさ。と思うのだった。千代は、まだしわくちゃで猿みたいな権兵衛さんに励まされるように、急にしゃんとした。自分を可哀相がっているときじゃない。千代は面を上げて天井を仰ぐ。

爺ちゃんは面倒臭がっているふりをしているが、本当は字を書けない。隠しているから千代も知らぬふりを通す。どうせどう頼んだところでやってくれない。舅を立てることはした。どっちにしろふんぞり返っているお殿さまだ。

俥曳きをしていたということは、垣間きいてはいたが、それを次女出産の折に証拠だててくれた。尻はしょりしてオーラッヨッと駆け出した姿には驚きもしたが、頼もしさもおかしさも混じっていた。そして、家族とはよいものだと、しみじみ思った瞬間だった。

千代は大きく息を吸うと、おもむろに床を離れた。赤子を見下ろしたら、急にこの赤子が、むかごに見えた。権兵衛さんあんたはむかごに決めた。むかご、なかなかいいじゃないか。むかごはおいしいんだよ。と、また坐り直し赤子を抱いて話しかけた。話しかけながら、千代は、自分が大きいじゃが芋で、その小芋がこの赤子で……というふうに見えてきて、大らかな気持になれた。

小さい頃にしか食べたことはないが、白いごはんの中にじゃが芋の小型みたいなふりをして入っていたむかごは、ぽくぽくしていておいしかった。それを拾い出して食べたのを思い出す。ほかの誰よりも沢山入っていたのが嬉しくて、ひいふうみいようと数えたものだ。

千代はゆっくり時間をかけて墨を摺った。生臭いような部屋の空気に墨の香りが帯のように延びながら漂っていった。半紙の右上に命名と書き、下手でもなんでもいい、中央に大きく太く〝むかご〟と書いた。そして、鴨居にそれを貼り付け、眺めたあと、さっさと割烹着に手を通していた。だれが何と言おうとも、この家は私なしではことが運ばないのだから……。と呟いていた。千代はしっかり者だと誰からも言われていることに支えられていた。

自分の書いた〝むかご〟と大書したのを、もう一度眺めなおしてから、寝所の障子戸をさっと開けて、階下にある炊事場に降りていった。

お七夜の大きなぼた餅をご近所に配り、店の者みんなに振舞って、むかご誕生の祝いをしなければならない。お七夜に甘いぼた餅を作るのはよい乳が出ますようにとの願いからなのだが、産婦のためならもう間に合っている。有り余るほど乳は出る。形通りにしろ、早くむかごの祝いをしたい。糊のきいた割烹着はかしゃかしゃと音をさせていた。

千代は一年中着物で通していた。むかごが予定日より早く生れてしまったせいと、雪のせいで交通が途絶えて、助っ人の実家の母はまだ現れないが、その母はこれ着たらもう着物なんか着る気がしないといって、あっぱっぱを愛用していた。直線立ちのワンピースである。今回もそれを着てやって来るはずである。母親ませのために仕立てることはしても、千代は試しにでも袖を通すことはしなかった。名古屋帯をしゃきっと結んでの白い割烹着が、千代のいつもの姿だった。

おかみさん、もう起きていいんですか。小僧たちの声がにわかに階下から立ち上ったのを、千代の寝所の向かいの隠居部屋にいた敬助の耳に入ったのだろう、瀬戸の火鉢に煙管を強く打ちつける音がした。口から深く吐き出した煙が、廊下に漂っていくのが千代には見える気がした。

むかごは世話のかからぬ子で、言葉通り投げておいても育ったといえる。二階の階段から落ちたときも、下は店にすぐ繋がっていてのたたきになっているが、店に来ていた客、仕事していた職人たちの一瞬の驚きと騒ぎをよそに、むかごはけろっとしていて泣きもしなかった。転がって降りてきました、という顔をして手をついて立ち上がり、にっこり笑ったという。よちよち歩きのむかごの守りはませ婆ちゃんで、千代の実母にまかせていた。

むかごが落っこちたッ。叫び声が上り、とっさに階段を飛び降りていった者がいる。下の気配に耳をすましてシーンとしてしまった中を、店の小僧が、むかごちゃんが転がってきました。と言って捧げるようにして、階段を上がってきた。

子守役のませは、急に声を出して笑い始めた。そのあとで、こんなにびっくりしたり、安心したりしたのは初めてだ、腰が抜けてしもうた。と言いながら、大袈裟に胸を撫で下ろしていた。あっぱっぱのよく似合う、小さな髷を結った小太りのませは、泣き笑いの顔だった。そのとき、おやつの時間で、客人や手の空いた職人が集まって茶を飲んでいた。

みんな、無事だったむかごの様子を見るでもなく、こりゃ女豪傑になるぞ、末が楽しみだ。など言い合っていた。その中で、ませは、爺ちゃんに平謝りに謝っていた。恐縮のあまり青くなった顔で、敬助に頭を下げていたのだった。謝られたって困る。と敬助は憮然として、顎を撫でている。小僧は、二階の様子に目を白黒させ、仕方なくむかごを抱いて立っていた。千代は、むかごが無事だったのと、この場の空気のおかしさにいたたまれず、急いで物干し場に出て、声を殺し、涙を流して笑った。その景色は、千代の若かった時の、ひとこまとして心の底にしまってある。

いつごろからだろう、むかごが、もの心がつくかつかないうちからだと思うが、千代は、むかごに、階段から落ちた話や、生まれたときは凍っていたんだよ……を繰り返し聞かせるようになっていた。あんたは他の子とは違う。生まれたときからそうだったよ。手がかからないで一人で育った。ませばあちゃんだって爺ちゃんと折り合いが悪くっていつまでもいてくれたわけじゃない。ほんとに、むかごは自分で自分を育てたようなもんだ。わたしがむかごという名をつけたのがよっぽど当っていたということかねぇ……。

ほれ、武だって、むかごのほうが妹なのに、姉ちゃんと思ってるふしがある、むかごがいれば安心と言う顔してるじゃないか。あの顔はむかごを信じている顔だよ。私と同じにむかごも三番目に生れてきてるだろう、だから、働き者でしっかり者、誰からも頼られるように出来ているんだよ。頼られれば厭とは言えない。引き受ける。それが母さんと同じ星の下に生まれた定めなのさ。それに、かあさんは酉年、むかごは戌年。鶏も犬も食いはぐれることはない生きものさ。安上がりにできているんだよ。鶏はコッコッと地面ほじくって、犬はごみ箱あさってさ。

唄うように繰り返し言っているうちに、ひとつ話になっていた。

そんなとき、むかごは熱心に、千代の顔を見てこくんと頷いているのだ。真剣に千代を見詰め、信じ切っているその瞳や顔を見ていると、千代はむかごが自分の相棒とか子分のように思われ、自分にとっての味方だと、切ないくらいに思えてくるのだった。

それは千代にとってそう思わないではいられないいわくがその頃の現実としてある。千代の前に、確かな手ごたえとしてあるのは、ぴちぴち活き活き成長していくむかごしかいなかった。この生きのよい子が、自分を助ける、と、どうしても思いたかったのだ。そうして、自分を励ましている千代だった。

実家の母ませは、敬助の生きている間はもう決して来るはずはないのだった。あんたはよくこんな所にいられるよ、亭主も亭主だし、苦労ばっかりさせられて、見ていられない。いつでも帰ってきなさい。と言い置いて子守りを放棄して新潟に戻ってしまったのだ。敬助の顔も見たくない、と敬介に挨拶もしないで去った。正助は勿論その時も留守だった。

店はますます繁盛した。また金を持って出かけたか。競馬に狂いやがって、どうしようもない奴だ。女と馬の尻ばかり追いかけて、店の者に示しがつかん。と、唾を吐きながらぶつくさ言っているのは敬助だ。敬助も、せめて千代の味方だとの、意志表示をするしかないようだ。千代は人扱いが上手な私だから、何とかこの家も持っているのだ……と自負していた。店の者たちも、おかみさん、おかみさんと慕ってくれているのだから、いいとするしかない。

むかごが大分成長してからのことだが、母ちゃんはおかみさんって言われるけど、神さまの神という字を書くの？　と訊いてきたことがある。そうだよ。ふぅん、母ちゃんて偉いんだ。むかごは感じ入った顔で改めて千代を見直していた。千代はこの家では自分は神なのかも知れないと、ふと思ったりした。そういう、とんでもない思いなしでは、とてもやっていけない……暮らしが成り立たない時期だった。トンチンカンであろうとなかろうと、千代は自分を叱咤激励しながら生きていたといえる。

武は病気専科で、どんな病気も引き受けた。最後に小児喘息でとどめをさし、他の病気はしなくなった。呼吸困難で引き付けを起し、またも、ぐったり仮死状態になってしまい、あまり助けにならないのを承知でも、武を抱いて必死に医者の所に駆け込んでいく千代だった。その積み重ねの日々を思い出しても、自分は神さまのようなものだ、武にとっての神さまは私なのだ……と、トンチンカンを膨らませずにいられない。神仏を信じて武のためにあちこちお参りにも行ったし、お百度参りだってした。何のご利益もなかった。武を人並みにしてくれなかった。

ある時、遠いのもなんのその、出かけて行ったのは、どんな難病も、そこで焚かれている煙に触れれば、たちどころに治る、という言い伝えを舅が聞いてきたからだ。押すな押すなの盛況だった。負ぶっていた武が押し潰されそうだった。思わず千代は大きな声を放っていた。みなさんご利益を頂きたいためにきたのでしたら、静かに順番を待ったら如何です。喧嘩騒ぎではご利益もへったくりもありませんよッ……急にしいんとした中を、千代は神に背を向け、人垣を縫って帰ってきてしまった。いつまでも赤子で成長の兆しもない武を、人込みの中に連れていったということが悔やまれた。舅に気を使い過ぎた嫁の立場が、どうにも哀れで滑稽だった。

それきり千代は神、仏に手を合わせたことはない。名医と聞けば戸を叩いたものだが、それも止した。舅の言いなりにはならない。武のために自分こそ神だ、死ぬはずの子がこうして生きてるじゃないか。私が武を守り通した。医者は、おッ、まだ生きてたか、こりゃ、生命力のあるやっちゃ。と言って、注射を一本打ってくれるだけだった。それでも、千代は息絶えそうな武を抱えては医者の元へと走った。真夜中でも医者はちゃんと起きてくれた。出生時に、この子は育つまい、諦めてくれ、と言ったそのときの医師だ。

話が後先になるが、むかごのうまれる三年前、千代は二番目の出産でその長男武を生み落としたのだが、武は生まれる前からある不幸を背負っていた。

戻しついでに長女を生む前の頃から話始めねばならなくなったようだ。

千代が嫁に来た当事は何の不足もなかった。近所からは、可愛い働き者のお嫁さんが来て、理容館の若旦那はいい男で、二人並べたら内裏雛だよ。と評判だったし、丸髷に赤い襷がけの千代が、共同井戸で盥に水を汲んでいると、千代ちゃんと一緒に洗濯しようと近所のおかみさんたちが内職の手を休め、盥と洗濯板を持って集ってくるのだった。

その頃は、少し遠出になるが市場にも買い物に行った。千代は小僧を供にした。酒屋、米屋は御用聞きに来る。野菜も八百屋が御用聞きに来るのだから、魚屋と同じに家にいて事足りるのだが、家の中ばかりで働いているのだから、気晴らしして来いと、正助が小僧をつけて外へ出してくれるのだった。小僧に山ほどの荷を持たせるのは、なかなか豪勢なものだった。

気晴らしといえば、行商のおばさんが、一日おきに重い背負い籠をしょってやってくるのだが、千代ちゃんの所へ寄らしてもらうのが楽しみでね、と言って、茶を啜りながら、ここへ来るとほんとに気が晴れる、千代ちゃんが明るいせいだね、と言われると、人の気晴らしの役にもたつ自分か、と嬉しくなり、それが励みにもなる千代だった。

たくあん漬けをしていると、行商のおばさんは塩の按配を教えてくれながら手伝ってくれるのだった。御用聞きの小僧が来合わせたりすると、小僧も、漬け終った大きな樽に押し蓋をするのを待って、いくつもの大きなたくあん石を載せてくれるのだった。そんな助っ人はいたが、千代は一人女でなにもかもを賄った。女中も置かないのが、千代の自慢だった。身を粉にして働くのが好きだった。その実績を認められるとますます嬉しくなるのだった。

そういう中で長女は大切に下へも置かぬほど大事にされた。いつも誰かの手が久代を抱いていた。あまりに可愛くて、店に顔剃りにくるお得意さんの芸者衆が、ちょいと貸してね。あら、今度はわたしの番よ、と取り合いをするぐらいだった。自分が生んでおきながら、まるで人のため、それも客とはいえ、亭主を誘惑しようとしているような芸者衆の玩具にされているのは、いくら客商売とはいえ、千代には納得できなかった。その頃は、久代は千代の一人っ子でもあったのだ。忙しい千代には、わが子を抱く番が廻ってこなかった。正助は久代を迎えに行って来るといって、帰ってこない夜もあった。

そしてまた、二人目を身籠り、その後すぐに、敬助が現われ、殿様として君臨したのである。敬助はろくに口を開かなかった。むっつりを、通すので千代は気を使うほかなかった。正助と違って何もかも気難しかった。これが父子かと呆れるぐらいだった。知らぬ間に敬助には特別扱いをしていた。舅の扱いを習得したということになる。

癇症な若年寄りで自分のものは自分でするといって尻端折って洗濯板でごしごしこすっていたが、下着にまで糊をたっぷりつけなければ気がすまない。飯粒を手拭いで作った袋に入れ、水を入れた金盥の中でこねこね揉んで絞り、どろりとした糊を作っておくのは、千代の仕事だった。舌きり雀お宿はどこだ……とこっそり口ずさみながら、糊を作った。雀よ、おいしいよ舐めにおいで、ここの爺さまにつづらを背負わせてやりたいよ……千代は敬助がつづらを背負っている姿を目の前に描いた。叶うなら、正助にはもっと大きなつづらを、と。

たっぷりの糊をつけるので、干しあがったのを取りこむと形がそのままごわごわと立っている。いつの間にか、それは千代の役目になっていた。敬助は手本を見せただけで、立ての物を横にもしない人だったのだ。千代は言われた通り、かちかちになるほど糊をつけたので、褌は一枚板になり突っ張っていた。あれで股が擦り切れないのか、と、可笑しくなるが、敬助は銭湯にいくのに、亀の子たわしを持っていくほどなのだ。それで体が真っ赤になるほどこする。これは番台のおかみさんから聞いたことだ。あの、舅さんでは、千代ちゃんも苦労するね、と囁かれた。敬助の肌は亀の子たわしで赤銅色に鍛えられていたのだ。だから、擦り切れるなどというやわではないのだった。

敬助は近所の子供たちからも、恐れられていた。二階の物干し台に盆栽があってその水やりをしながら、待つ。私道で抜け道になっている目の下の、人一人しか通れない細い路地を、子供たちが連なって駆け抜けるのを。五月蝿いッ、餓鬼らめッ。と怒鳴り、バケツの水を上から撒くのである。息子がぐしょぐしょになって泣いて帰ってきたといって、店に文句を言ってくる母親もいる。店の者や、千代が平謝りに謝っているのに、敬助はどこ吹く風と長い煙管ですぱすぱやっているのだった。御用聞きや、行商の女たちも、いつの間にか声を潜めて、手早く商いをすませ、そわそわと立ち去っていくようになった。

食事も敬助の部屋に一番先に運び、次に店の者たち、その後で千代一人の食事になるのだが、先に食べた敬助は、二階から降りて来て、手が空いた隙に交替で次々にきて食べる職人や小僧を黙って見ているのだった。ご隠居さんに見てられちゃあ、おかみさんの作ったおいしいものも、ろくすっぽ喉に通りません。と言われて、千代はこっそり別に握り飯をこさえておいて渡したりした。千代自身もお腹の子のため、しっかり食べなければと思っても、気がつくと敬助の気配を感じて、喉がつまり、慌てる。何も悪いことをしていないのに、後ろめたいことをしている気にさせられた。腹の子もこれでは充分には育っていけない。長女の時とは違う、と、千代はいっこうに大きくならない腹を撫でてみるのだった。

その上、二番目の子は更なる不幸に遭うことになる。まだ、月満ちないうちに、その頃、自動車などまだ珍しいときだったが、その自動車が店の中に飛び込んできたのだ。幸い店を閉めた後で人に怪我はなかったのだが、理容館の店は大破し、入り口の柱の何本かは軒先からぶらんぶらんとぶら下っていた。闖入してきた自動車がまるでその車のためのガレージとしてしつらえたかのように中央に鎮座していた。運転していた人も先ず無事だった。店が急坂の下にあっての被害だった。店の前はちんちん電車の線路が走っていて、店の前でいつもキイッと急ブレーキをかける。その車はその線路の上をでも走ってきてブレーキをかけそびれたのだろう。

千代が嫁に来る前、荷馬車が店に突っ込んできたこともあったという。馬は大きな目を剥いて即死した。馬は滑り止めの草鞋を履いてはいたというが……。

車が飛び込んだ時、千代の腹の子はまだ産み月に遠かったが余程びっくりしたものとみえ、長男は慌ててこの世に出てきてしまった。誰もかれもが、地震か、何かの爆発かと思ったのだから、胎児にとっては無理もないことだった。しかし、月足らずの赤子は育つのは無理だ、と、慌てて呼ばれた医師や産婆から見離された。その頃は、未熟児は育たないのが当り前だった。強い子に育つようにと武と命名しながら、どうせ育つまいという扱いをされた。というより諦められていた。

しかし、武の持つ生命力なのか、武の内なるものからの呼びかけなのか、千代の中から厳としたものが生まれる。千代はもう金輪際敬助に気兼ねはしまいと思った。身籠っていた頃のような千代ではない。未熟児の武を寒さから守るには、と、真綿でくるんだ柳行李を赤子の寝床にした。湯たんぽを二つも三つも入れて、保温を保つために蚊帳を利用しテント風なものを作って囲った。部屋の中に武専用の特別室があるのだった。誰も勝手には入れない。無菌室みたいなものである。千代は武を守るためなら、と次々工夫をこらし、その実践を怠らなかった。

次から次と百科事典をめくるように病気をする目の離せない武にかかり切りの千代は、もう敬助に遠慮はしていられない。応援を頼む。湯たんぽの係りは爺ちゃんだね。よかったね、優しい爺ちゃんで……。といつまでも大きくならない小さな赤子に話かけるのだった。医者からさえも見捨てられた子を、絶対育ててみせる。武の持って生まれた運命とはいえ、ろくに食べ物を腹に入れてやれなかった責任がある。勿論、敬助は知らぬことにしろ、自分が意気地なかったこともひっくるめて、武を発育不全といわれるふうにしてしまった責任がある。武に償わなければ……敬助にも償ってもらわねば……。

千代だけの身勝手で一方的な思いにしろ、千代のそうした思いは、正助に爺ちゃんと家の嫁さんはうまくいっていると思わせたのか、それにかこつけ、家のこと店のことは、すべて千代と敬助に任せたというように正助はますます家を外にしていった。一姫二太郎の理想通り二番目に男の子が生まれたというのに、その長男がまともでなく期待外れだったことも原因らしい。正助は何かのせいにしては、自分を正当化せずにはいられない人間なのだ。

三年たって、むかごが生まれたとき、武は漸くお坐りできるようになったところだった。柳行李の中で過ごすのは生まれたときと同じで、千代の工夫の行李を囲んだテント式の蚊帳はもう外されてはいたが、行李の中で布団に支えられてはいても、いまだ首が坐らず、ぐにゃりと骨抜きの人形みたいに坐っていた。

千代は一人女で相変らず毎日が戦場だった。使用人たちのこと、舅を筆頭にした家族のこと、目の離せない武のこともある。それでも、三人目の子、むかごがまるで手のかからぬ子として健康そのものであってくれることで助かっていた。長女の久代は格別で敬助の二番手みたいに、この家に君臨しているだけだった。店の者たちも、久代さん久代さんと女王さま扱いだった。久代の傍にいると、どうしてだか千代は、はした女のような気になるのだった。母親のくせして気安く用が頼めなかった。わが子でありながら気おされてしまうというか。何かが千代を寄せ付けないのだった。四面楚歌のような中にいて、千代は藁に縋るよりましとむかごを唯一当てにした。むかごが納得しようがしまいが、千代は心の内をむかごに打ち明けていた。

千代がむかごに念仏のように言って聞かせた通り、武はむかごの兄というより、いつのまにか後から生まれた弟みたいで、むかごはよちよち歩きのころから、武の守りをした。竹製の乳母車に行李と同じようにして、布団で支えた武を乗せると、むかごはまだ弁もまわらない口で子守り唄めいた歌を唄い出す。たあ坊はよい子だあぁ、よーちよち……と、精一杯手を伸ばし、取っ手を掴んで押して歩いた。近所の人たちから、小さなおかあちゃん、たあ坊のかあちゃんなんだね。と言われていた。むかご自身がおむつが取れると、器用に武のおむつの取替えまでもした。むかごの成長は千代を助け、武はむかごに任したという思いでいられる。千代には、むかごが幼いうちから相棒だった。むかごと武を対にしておけば安心で、千代がむかごに言い含めてきたひとつ話しは、成就していた。

しかし、千代の想像力なり、それへの自信なりが効用を発揮できたのはそこまでだった。

武は未熟児のまま成長し損なってしまい、知能も遅れたままだった。世間さまから白痴だ馬鹿だと言われるのが恥ずかしい、と家の中に隠しおくようになった。何の因果でこんな子が生まれたのだ、どうせ人並みでないのだからと、むかごが国民学校に入っても、武は在籍させたままで学校に行かせなかった。むかごと武を対にして通学させることを千代は考えもしたのだったが……。

世間から目立つことはしたくない。家長になるはずの長男だから余計そういう扱いになった。世間様に申し分けないが、敬助や正助の考えで、教育するに当てはまらない武だと決められた。久代は優等生でいつも級長さんだった。その久代が家族の自慢だった。その分、武は歯痒がられることになっていく。その中で、武に肩入れすることは、千代もが孤立していくことになる。この大所帯を切り回していくためには、どうもこれまで通りにはいかないということが、いくら能天気の千代にも分かった。やるだけのことはやった。武はもう大丈夫。運を天にまかすときがきたのだ。

いつの間にか、周りの空気に押されたわけでもないだろうが、千代も、武を軽く扱うようになっていた。これまでの千代はどこへいったのか。当てにもならない亭主にまで何時の間にかへつらっている。

　お前さえいなければ母さんもここまで苦労しないですんだんだよ、と武の前で平気で言う千代がいた。その一方で、武のためにむかごが、かあちゃんそれは違うと言っている気がした。それに、むかごが武に殊更やさしくしてみせる気もした。

　むかごは小さい頃から、千代を好いていたし自慢にしてくれていた。そのむかごの、千代に向けていた一途な活き活きしていた瞳が今では薄れているような……。武に向けて一所懸命だったときの千代は、ひとえに武のために、むかごに念仏を唱えていたものだ。その頃は、千代の傍にいたがったむかごである。そのむかごはもういない。そしてむかごからみれば、千代はもういないのであろう。

　正助が店の者を束ね、久代やむかごの後に生まれた弟を引き連れて、映画館へ「愛染かつら」を観に繰り出して行っても、母ちゃんもたあ坊も行かないなら、あたいも行かない。母ちゃんとたあ坊と一緒に家にいる、と、むかごは嬉々として留守番をした子だった。夏の休日に海水浴に総出で行くときも、むかごは、千代と握り飯を作ったり、たくあんを切ったりを手伝うが、留守番手になる。ひっそりした家の中で、たあ坊相手に遊んでいた。一日を楽しんだ者たちの、帰ってきた後片付けで、またひとしきり忙しさに追われる千代。黙っていても、そのの手助けを、むかごはするのだった。あんな日もあったのに……。

これで、もう、何とか、武も生きてはいけるのだと思った時から、千代は気が緩んだというか、肩の力が抜け、武に対してどうでもよくなってしまったのだというしかない。やることはやったという安堵なのか、むかごに手渡しでもしたように、放ってしまった。さらに、こんな子を生んでしまって恥ずかしいとか、すまないとかを重ねていくようになる。生きにくいことばかりの連続のせいか、ややこしいことは刈り取っていった。ありし日のあの千代の奮闘の姿は見られなくなった。自動的に体を動かすことだけになった。精神的なひたすらなものは千代の中から影をひそめた。

これまで一人女でよいという千代の言い分に任せてきた正助が、あまりの忙しさと千代が憔悴していくのを見兼ねたのか、女中を置くことを薦めた。千代に寝込まれては困るのだと言われ、千代は実家に相談して兄嫁の末の娘を預ることにした。洋裁を習いたがっていたので田舎の町から二つ返事で上京してきた。千代叔母の手伝いをしながら、洋裁学校の夜間部へ通うのだと、姪ははしゃいでいた。千代叔母ちゃんのことは憧れで理想なのだ。と千代が困って赤くなるほど慕ってくれた。肌が白く、ほっぺたがいつも丸く赤かった。素直で明るく、この姪、春江の周辺はぽっと灯が点ったようだった。

店の若い衆からも春江は人気者で、敬助もこの春江にはやさしかった。春江は誰にも愛された。まめで働き者、千代と同じで、人に対する気遣いも千代に似ていた。同郷のせいかおかみさんと同じで優しい上に根性があると囁かれ、二人はこの奇遇を喜んだ。互いに相手を思いやって励んだ。

三階は男衆の寝所になっているが、千代はときどき布団の手入れに上っていく。先ず敷きっぱなしになっている万年床を物干し場に干しているとき、押入れから正助と春江が、こそこそと出ていくのを千代の背中は目撃してしまった。目の前が真っ白になり、正助に向けて何ということをしてくれたのだ、と血が逆流していく。それをじっと耐え、春江にそれとなく問い糺してみたが、白ばっくれられた。手に負えないのを知った。この際、春江の味方にならねばならない、叔母としての目配りが足りなかった、悪いことをした、可哀相にと。強く思っただけに、その裏切りは持って行き場がなかった。二人に向けて血がたぎり噴出していきそうだったが、正助と一戦を交じえる気もしなかった。敬助に訴える気もさらさらなかった。

千代の意地というものもある。ただ、実家の兄や兄嫁に、そして、母のませに顔向けできないどころか、どう謝っても許されまい。にっちもさっちもいかない気持を持て余した。これまでにない気鬱というものに、千代は絡め取られてしまった。心身ともに萎えに萎えた。

春江は張り切って上京して来たが、ませがいられなかった千代の所だ、と、みなから猛反対されたいわくがあるのだ。

春江は何時の間にか洋裁を習うことは止め、美容学校に通っていた。その頃、床屋ばかりでなく、パーマ屋も二階で開いていて、上も下も活気づいていた。

そんなある日、自分でもわけのわからないことを千代はしてしまった。三尺の物差しでむかごを滅多打ちにした。

むかごの躰に、みみずが貼り付き、のたくっているみたいなみみず腫れができた。みみずがむかごの全身を覆い、のたくりまわり、縺れ合いして、むかごの肌の中に侵入していく。そのむかごの姿は、千代が作ったものだ。そのみみずが千代自身に思えた。想像もしないことをしてしまう自分というものに、恐怖を覚えた。誰にも口にできないことをしてしまった。しかも、それを、みなが知っているという事実でもある。

その後、千代はその件を口にしない。むかごも口に出さない。

……近所の子供たちと、むかごも坂の上にある公園に遊びに行ってブランコやら滑り台、鬼ごっこでひとしきり遊んだあと、何があったのか、馨ちゃんが急に泣き出して、駆け出した。仲間うちで何かあったのかもしれない。むかごは人の後をついて行くだけで、誰とも口をきかない子だった。だから、馨と口をきいたこともなかった。みんな一緒に馨のあとを追い駆けて坂を降りていった。つっ転びそうになりながら。馨は思い切り声を上げて泣き、助けを求めている。かあちゃん、かあちゃん。その後を追い、駆けている子供たちも次第に泣き声が高くなっていった。むかごもはぁはぁいいながらわけもなく泣いていた。馨は、泣きながら自分の家の中に飛び込んでいった。ほかの子供たちは、家に帰ってしまったが、むかごは一人路地に取り残された。むかごはぼうとして立っていたという。泣く馨の手を引っ張って、馨のかあちゃんが出てきた。この子かい？　むかごを怖い目で睨みつけ、むかごの家の裏木戸を乱暴に押して入っていった。耳をふさぎたくなるようなキイキイ声がしていた、と思うと、馨のかあちゃんがすごい形相で、千代を引っ立てて来た。むかごの前に。千代も同じようにいきり立っているのは、始めて見る額の青筋でわかった。どういうことなのか、どういうことになるのか、と固唾を呑んだそのとき、むかごは千代の手にしていた三尺の物差しで打たれていた。千代は少しの間を見つけては針仕事をしている人だから、物差しは近所の人も見慣れている。それで打たれていた。何がなんだかさっぱりわからない、と人々も思ったという。むかごが悲鳴を上げた。それに煽られるように千代の物差しは力を増していった。近所の人々は、子供たちは、今まで戸の隙間から覗き見していたのだが、ガヤガヤと家から出てきた。それで抑えられた千代は、われに返ったのだという……。

これは、後になって近所の人から千代が聞かされた内容である。

――馨の母は、近所からお妾さんと言われている。妾のどこが悪いのさ。お千代ッ、お前なんか自分がどんなにか性悪だかわかってるのかい。少しばかり景気がよいからって亭主に妾を与えてるだろッ！　喚き散らされ、千代は言葉も出なかった。お前のご亭主が言ってるよ、春江という妾にさ、お前は稼ぐから大将で、おかみさんは賄い専門だから一兵卒だ。と。どっちにしろ、ぐるになって金儲けをやってるんだから、世話はない――。

これまで千代は誰からも後ろ指をさされたことはない。むしろ褒められていた。千代ちゃん千代ちゃんと羨望の的でさえあったのだ。世間から陰口を叩かれている馨の母から、千代ッと呼び捨てにされた。

むかごを二度と叩くことはなかったが、どうしてか千代は武を平気で叩くようになった。あらゆるものを叩きたい。その分を武に向けているかのようだった。武は恰好の叩き台だった。叩く道具は何でもよい。手当たり次第で鍋の蓋だろうが、すりこぎ棒だろうが、新聞を丸めたものでもよかった。

なぜ、武に向けているのか。むかごが嫌がることを、わざとして見せる。むかごを叩きまくってしまったどうにもならない思い、その八つ当たりが武にいく。武は悲しそうな眼をする。武は恨めしそうに静かに泣く。千代の吐け口は充たされない。ただ、気の紛らわし方を覚えていった。

気がつくと、正助も久代も敬助も武を邪魔者扱いしている。千代はそれに痛痒を感じなくなっている。武は居てもよいと無視されている。だから、千代がしていることは誰からも咎められない。咎めているのはむかごだけである。むかごはいつも武に寄り添い、千代から武を守っているようだ。防波堤にでもなっているつもりか。むかごは、終生、千代の味方になる娘、と思っていたのに、今は敵対しているみたいだ。

むかごを叩いた件は、みんなが知っている上に、千代以上に、春江と正助とのことをも知っている。みなが周知のことで、公認されているどころか、千代の前から春江は庇われていたのだ。それは、みなで千代を晒し者にし、嘲笑っているとしか思えない。千代は生きながら、死んだも同じ心境で日々を送っていた。あまりにも目出度すぎる自分に腹が立つとなれば、武を叩き、鬱憤晴らしをするしかなかった。

そんなある日、大東亜戦争勃発で湧いた。理・美容館は近所の人々でごったがえした。店にあるラジオを聴きに集って来た。どこにでもラジオがあるというわけにはいかない時代だった。景気のよい音楽、行進曲が朗々と聞こえ、それにつれて人々が歓声を上げてどよめいた。

敬助が患って寝込むようになった。千代は献身的に嫁の分を果たした。自分しかいない、こんな頑固爺に尽くせるのは……。萎縮腎という病気で糞が固くなり出なくなる。千代はそれを指で掻い出した。兎の糞みたいに丸くて黒く石ころみたいにころころしていた。毎日何個かを掻い出し、千代は久し振りに神と言う言葉を思い出していた。むかごからはとうに、千代は神ではなかった、と、ばれてしまったが、今こそ敬助にとっての神なのだ。舅に尽くす千代は憑き物が落ちたように活き活きしていた。その中で敬助は寿命をまっとうした。

立派な葬礼が営まれた。それは、正助の羽振りのよさを示す後にも先にもない最大のセレモニーだった。大勢の大工が来た。たたきの店一面に、急ごしらえの板の間ができ、その上に畳が敷かれ、大広間になった。白黒の幔幕が張り巡らされ、それは横丁の路地の両側にも続き、親戚中が、そして、美・理容組合の人々が、近所中が集まっての祭りだった。それでなくても、浪花節だの歌謡曲が聞ける場所として、人々が蓄音機を聴きにきていたのだ。その頃、世の中には、甘いものが消えていきつつあったので、敬爺様はいい時に死んだ、と人々の口にのぼった。おいしいものも、甘いものも、人々の口に入らなくなり、贅沢三昧の敬助には耐えられまいという意味だった。

そしてその後すぐに、敬助の葬式の時には元気で顔を出してくれた千代の実兄の訃報が続いた。正助と春江で千代と春江の郷里新潟へ赴いた。千代は五人目の子を身籠っていた。千代は嫁にきてから、最初の年に里帰りをしたきりで閑もないままに過ぎた。とうとう兄の死に目にも葬儀にも顔を出せず正助と春江に任せるとは……よくよく因果なことだと、千代は大きな腹を撫ぜた。

何日かして、正助と春江は帰って来た。

二人は郷里の者たちに、対として迎えられていた。東京の旦那さんにはいろいろお世話になっていると感謝され、町内の人からも二人は手厚く扱われたと、正助は面目をほどこした、と、ご機嫌だった。兄嫁やませからも帰りには、春江のことをこれからもよろしく、と、丁寧に頭を下げて頼まれた。この近所だけでなく、二人は親戚にも公認されたものと勘違いして、ますます大きな顔をするようになった。いつの間にか、美・理容館では、久代と同格になっている春江である。そして、千代はといえば、稼ぎ頭の春江に仕えている形になっている。思えば千代は嫁に来た日から、すべての人に仕えていたのだった。それが生きること、とでもいうように習い性になっていたかのように。それが千代には腹立たしかった。うっぷん晴らしは武に向け、それらの日々を凌いでいった。暮れの稼ぎ時の息つく間もない忙しさも過ぎ、新年が来ても、三女となる子を出産しても千代はめでたくもなかった。何よりも、自分が一番めでたいと嗤った。むかごも子供らしくなくひねこびてみえた。

千代にとって穏やかで安らいでいたときがなかったわけではないと、千代は父親が生きていた頃の正月の風景を思い出す。

正月が来るのが楽しみだった。おめでとうさんと雑煮を祝った後、待ってました、と子供たちは父親を取り囲む。さて、今年は誰の年だ。兄が午年だよ、馬だ、と叫ぶ。そうか、馬か、ようし、速くって逞しくって、やさしい馬を作るぞ。父親は左手の中でこねこねしていたもち米の粉で練り上げた白く光る柔らかい塊を、右手に移したり、左手に戻したり、絶えず両方の指先を動かしていたと思うと、もう、兄みたいな長い顔の、たてがみもぴんと張ったやさしい目をした馬が出来上っている。

さあっ、と言って割り箸にさして、兄に渡す。みんな一どきにわーいと歓声を上げる。次はおらだ、あたいだとかしましい。じゃんけんぽんで順番が決まる。息を呑んで父の手元を見守る中、次々に十二支の中の動物が生み出されていく。父の指先は手品師のようだった。食紅と、あといくつもない色で、父の持った筆先でひょッひょッと触れられると白かった犬や猿が急に活き活きと動き始めるのだった。手に手に割り箸を持って、誰のが一番かっこいいかの品評会が年の初めの行事だった。

千代はうっとりした眼になって、遠い昔を、父が器用だったこと、若い時、菓子職人だったこと、しんこ細工が得意だったことなどを懐かしく想い出す。

いつの間にか、むかごが、耳のピンと張った犬のしんこ細工を、割り箸に刺して持っているのを見る。千代もまた、とさかの赤い鶏をもっている。千代は、むかごの真似をしてしんこ細工をつけた割り箸を掲げ、むかごの眼の高さにも持っていき、得意そうにして、むかごと目と目を見合わせた。千代は、思い出と、白昼夢が一緒になっていることに気がつかなかった。

千代の父親は慣れない工場仕事で工場長になりながら、爆発事故が原因で若くしてこの世を去った。いまわの際に千代、千代と呼んだという。悔みにきた工場の人が奥さんの名前は千代さんでしょう、最後まで呼んでいました。というのを垣間きいて、千代は、生涯をかけて父は自分を呼んでくれている、と思えた。父に誰よりも愛されたのだ。それは自信と自負に繋がる。父には妻も父母もいて、千代を入れて子は八人もいたのだから。

その父の日記帳の表紙の裏に―人生に下り坂はない。あるのは上り坂だけで、重い背負子を背負って、急で長い坂道を滑らずに休まずに、一歩々々と登っていくものだ。それが人生だ―と記してあった。著名人の何かからの抜き書きかも知れないが、千代には父の遺言として、それを押し抱くような思いで受け止めた。父が苦労人だったから、人にも慕われ、工場長という重責も担えた……とは悔やみに来た父の部下たちの話だったが、千代は、やさしく穏やかな父を、ただ、慕っていただけの自分を、甘やかされて育ったのだと、その時、知った。表紙の裏の言葉は、そんな甘い千代への、父の無言の言葉であり励ましであった。父は、そう生きたいと願い、実践した人なのだ。父のように生きよう。その時、千代は決心したのを思い出す。

この東京の町にだって想い出がないわけではない。昔は縁台で線香花火などして涼みながら、夜空を見上げ、あれが天の川などと指さしたものだ。あのくっきりした川の形、真砂を撒いたようなというが、その川にはほんとうに大きいのも小さな星たちもいっぱい煌めいていて、見飽きることはなかった。びっしり星たちが敷き詰められた川のその隣には黒々とした海、いや、空が広がっていて、その黒い空というものに恐怖を覚えた気がする、と、千代は十八で嫁に来た頃を想い出していた。黒い空をめざして、蛍が次々飛んでいったのも、脳裏にまざまざと刻まれている。子供らが採ってきたのを篭から一斉に放ったのだ。歓声も上った。

あの天の川を今では見ることができないから、存在していないみたいな気になるが、明るくなってしまった地球の少し外回りから眺めたなら、昔と同じ夜空、宇宙が見えるはず。その頃、千代にはまだ子がなく、近所の人の中に混じって正助と夕涼みをしたものだ。あっちの縁台では将棋を指している爺さまたち。隣の縁台には子供たちが、ぶっかき氷を音立てて齧っていた。手桶の中に手を突っ込んで錐とトンカチで氷を割っているのは三軒長屋の真ん中のかあちゃんだ。昔のような、きのうのことのような風景だ。あんなときだってあったさ、千代はくすぐったそうに笑う。

理容館の前は銭湯である。白いのや黒い煙を高い煙突からもくもく吐き出している。千代もあの煙に紛れて、煙が青い空に向って消えていくように消えてしまいたい。羨望の思いで空に昇っていく煙のあとを追っていたこともあった。あんなことを考えたのは舅の敬助の難しさに、途方にくれたときでもあったろうが、それしか逃れるすべはない、と本気に思ったからだ。しかし、それどころではないことが、後から後から攻め寄せてきて、これまでの悩みなど他愛ないものだと思えた。溜め息つく閑があったら、息継ぎを覚えあっぷあっぷしないことだった。息継ぎも覚えたのか、どうにかこうにか生き継いできた。

働いてくれている一階や二階の技術者や見習いたちも、兵隊に取られたり、軍事工場に動員されていき、美・理容館は、ひっそりしていった。かつての賑わいはもうない。音曲なども、贅沢は敵で、蓄音機は押入れの奥に仕舞われた。パーマネントはグッチャグチャ、ゼイタクはやめましょう。巷で唄われていた。

子供たちは学校に行っても、空襲のサイレンが鳴れば、防空頭巾をかぶり、コッペパンひとつを貰って下校してきた。学童疎開、集団疎開で、子供のいない東京になった。近所もひっそりしてしまった。

正助は何を考えていたのか、家だけは大丈夫、最後まで東京に踏みとどまるのだ、と妙に自信たっぷりだった。銃後を守る警防団長としてやはり偉い人らしい。日ましに空襲も激しくなり、類焼を防ぐため取り壊される家も多くなっていった。正助が銃後の護りとして、それを指揮していた。

美・理容館の家の屋根がぽっかり穴が空いたのはそんなときだった。東京が空襲に見舞われるのは頻繁になり、今日は深川方面だ……とか、空が真っ赤になって脅える日々を迎えていた。爆弾を詰めてある缶の蓋でもあろうか、それが捨てられ上空から落下すればこういうふうになるだろう、というのが警防団員が推測したことだった。

それは三階の畳もその下の床もまあるく突き抜けて二階の床も壊して、一階の真ん中に鎮座したのだった。空襲警報がなり、みなで防空壕に避難している間の出来事だった。家の中にいて空が見えるのだ。まあるい鉄の板はどうにも不気味だった。いつ爆発するかもわからない代物に見えた。警防団の人たちが何と言おうが千代は不安でいたたまれない。強気の正助も家だけは空襲を免れるなどと言っていられなくなった。

千代は六番目の子、四女を出産したところだった。その上の子は目も放せない可愛い盛りだった。今までここで絵本見ていたのに、えっ、どこいっちゃったの。と、千代が声に出して立ち上がり、窓を開け下の道路を見たとき、電車の線路の上にいる小さな娘を見る。同時に電車が急角度で坂を下ってくるのも目にする。キイッーという鋭い音と、電車が異様な停まり方で、ガッターンと停車した。三女が轢かれた音だ。轢かれた瞬間を見てしまった者の脅えで、千代は鋭い叫びを上げると同時に固く眼をつむった。が、そっと目を開いたそこに、三歳の女の子、家の娘は、電車の先端に掬うようについている金網にちょこんと抱かれていた。無事だったのだ。交通関係や警察がきて、電車を止めた廉で罰金だの、始末書などを取られたが、命拾いしたのだ。

これは警告だ、いつまでも疎開しないでいることで罰が当たったのかもしれない。正助の判断で、突如、縁故疎開となった。正助の生まれた茨城の村へと千代と子供たちに赤子が加わって、急拠、落ち延びていった。産めよ増やせの時代、どこの家でも子沢山、七、八人の子供がいるのは普通だった。十人産めば表彰されるとか。正助と、徴用に引っ張られて、いまだに郷理にも帰れずに近くの軍事工場に通っている春江も残して、千代は東京を後にした。私が面倒みます、と言う春江の言葉に、長男なのだから残していくしかないと思い込み、千代は武を東京に置いてきた。

疎開先では、学校バスが石炭も無くなって廃止となり、何里もある学校へ行かないのは、じゃぐ休み、とか言いながら、村の子の誰もが、背に赤子を括りつけながら、藁草履を作っていた。戦地へ送るのだそうだ。軍靴を作って送れない者は、藁草履でも送るべし。むかごも草履作りを村の子に教わっていた。むかごの背にも赤子がいた。赤子の頭には、それぞれ栄養不足で吹き出物ができていて、ひっきりなしに赤子の小さな手は、頭を掻いていた。

掌にぺっぺっと唾を吐きかけ、縄を綯うことから教わり、うめぇもんだ、と、むかごは、むかごより小さな子から褒められていた。千代もそのむかごから教わった。千代もむかごも藁草履作りが好きだった。熱中した。うめぇもんだ、と言う、むかごの言葉が面白く、もっと褒められようと千代は精を出した。

むかごと千代には、ちょっとした競争意識が働いた。何しろ、自分の指先から形あるものが生まれてくるのは面白いし、どっちが上手か、どっちが早いか。千代は童心に返った。

むかごが好きでよ。秋になったら、採りにいって一緒に喰うべな。むかごはそりゃぁうめぇだよ、ほくほくしてな。と、むかごが言う。むかごは、方言を巧みに使ってみせ得意がる。むかごのおいしさを村の子から聞いてきたばかりなのだ。二人は顔を見合わせ、声を立てて笑った。千代は子供の頃に戻った自分を、そこに見た。かつてないのどかさに身を置いていたのだった。

物置小屋が疎開してきてからの住いである。その小屋の前で千代はへっついに粗朶をくべていた。蒸れた魚の臭いが周りを圧していた。青い空には雲ひとつなく、太陽がぎらぎら燃えている下で、村の衆に教わって、わかさぎで天ぷら油を作っているのだった。今日は、よほど、わかさぎが捕れたらしく大漁だといって疎開者にまでバケツいっぱいの分け前が配られ、村の衆が運んできてくれたのだ。煮炊きも流しも、疎開してきてからは外だった。流すもの、捨てるものはなんでも畑に撒いたし、穴を掘った地面にしみ込ませ、埋めた。もう、いくつも穴を掘ったし、埋めもした。

もうもうと大釜から上がる湯気が、陽炎になって空に舞いながら消えていく。朝早く土手とか畑でしか見られないと思っていた陽炎を、姉さんかぶりをした千代が自分で作っている。顔中に汗の玉を噴出させた千代は、その陽炎の中に首を突っ込んで、煮ているわかさぎの中から浮いてくる油を、お玉で掬い取っては左手に持った子鍋に溜めていく。かまどの脇にバケツが置かれ、その中にも、まだ煮えたぎった釜の中に入れられずにすんでいるわかさぎたちが、ぴちぴちと跳ねている。透明な体、その中に青っぽい骨の在りかを見せて……。ぴちぴち跳ねながらも、潜れるところにはどこまでも潜っていこうと大騒ぎしているわかさぎたちである。きょとんとしたまあるい目をして、相手かまわず相手の腹の間に首を突っ込んでいる。仲間のわかさぎからも、また突っ込まれている。釜の中のわかさぎたちはざるに上げられ、莚の上に干されていく。体は透明でなくなり、しなっと黄色く濁って、筵にならんでいる。が、目だけはバケツの中にいたときと同じに、きょとんと開いている。千代には、その無数の目だけしか見えない。千代は、バケツの中のわかさぎを容赦なく釜にあける。もうもうとした釜の中を、むかごも一緒に覗いて見ている。むかごの眼も、千代の眼もこのとき、ひとつになっている。

もういないんだ……あの、ぴちぴちしたわかさぎ……。むかごがぽつんと言う。たぎった湯は、生臭い陽炎になり、それを透かして、わかさぎの目だけが、ぱっちり目を開け、押し合いへし合いしている釜の中が見える。わかさぎは、自分が死骸になったとも知らずに、死骸になっているのだ。

たぎっているあたりの空気に、いたたまれなくなったのか、むかごは、玉蜀黍の畑の中に、隠れるようにしゃがんでしまった。赤茶けた白い土の中に、掌を潜りこませている。むかごは何に縋っているのだろう。千代はむかごの気持になって、蹲っているシュミーズだけの丸くなったむかごの、背を見る。その背は、そのまま千代の背中だ。淋しすぎる。

ぴちぴちと生きていたものが、動かなくなる。その寸前まで確かに動いていたのに……。と、むかごの考えそうなことを千代も思った。このわかさぎたちを見て、死んでも、生きているのかも知れない。と言っていたむかごである。わかさぎは、死んでも死ぬ前も同じ目をしている、とも言っていた。

白と黒のつやつや紙、その白い方をまあるく切って、黒い方は小さくポチッと切って、白くて光る紙の真ん中に貼って……そんな目をしているわかさぎたちだ。きっと、むかごはこの目たちをそう見てるに違いない。むかごは切り紙細工が好きだし、うまい。

いまこそ、千代はむかごと相棒だ。むかごと千代、今はどちらが子分なのだろう。なぜともなく、今は、むかごとぴったり心が通じあっている気がする千代だった。

誰かに見られている気がして、千代は周りを見回した。誰もいなかった。ぎらぎらのおてんとうさまがいるばかりではないか。むかごは蹲ったまま、なおも土の中に手を滑りこませていた。ひっそりその後に立っているものが、どうしてもいる。

ああ、武だ。武がここにいないのに、いる。武は美・理容館が空襲で戦火に見舞われたとき、敬助の位牌を抱いて、春江に手を繋がれ逃げたという。

そんな大事があった日から、何十日も経てから、正助の達筆な葉書が届いたのが、昨日のことだ。春江に守られて、武は空襲の中をしっかり生きている。今は防空壕暮らしをしているという。と同時に、もう一枚の葉書も届き、そこには焼け残った一角に、家を見つけた。安心せよ、とあった。

母親として武を守らねばならないのに、その武に守られて千代は正助の村で子供たちと、安穏に暮している……。

武がいくら長男だからといっても、どうして東京に残してこられたろう。正助が、自分の生まれた村に、武を寄越したくなかったということは、後になって気がついたことだが、武が春江を好いていたということで、千代はあっさり武を置いてこられたのではないか。それと、正助の世間体を気にする気持に便乗して、千代も、正助の村の人から、正助の妻、千代の生んだ武のことは知られたくなかったという意味もあったろう。

それでも、武は、千代を慕ってくれている。こうしてこっそりと、逢いに来てくれているではないか。

　いつの間にか、千代は、疎開の荷に紛れていた今まで手にしたこともないバリカンで、村の子供たちの頭を刈っていた。坊主刈りしか出来ないが、ひとつふたつ刈ってみると、評判になり、千代に刈ってもらいたくて、子供たちが行列を作った。手に手に玉蜀黍やらトマトを入れた笊を持っている。

　気がつくと、むかごも、バリカンを手にしている。むかごの目の先を追うと、バリカンの刃の間に虱がまっぷたつになっている。半分になって動いている。どの子の頭にも虱が血を吸うため逆立ちしている。むかごはバリカンを持ち上げ、千代にそれを見せたなり、動じもしないで、同じ年頃の男の子の頭の丸みに合わせて、バリカンを動かしていた。

　細長い縁台の両端に、唐草模様の風呂敷を首に巻きつけた小さな跣のお客さん。青空の下での、母娘の床屋さんは繁盛した。村の床屋は兵隊に取られていたので重宝された。

　千代の器用さに輪をかけて、むかごはなおも器用だ。小さな小屋に、子沢山の家族の食い扶になる野菜が山になった。

　むかごのまめまめしさは、遠い町まで行くのも厭わない。赤子の頭の吹き出物に効くという薬があると聞くと、すぐ下の弟を連れて出かけてしまうほどだった。母ちゃんに言えば行かしてくれないと思うから、と、本家のばあちゃんに、後で伝えておいて、と、ずうっと前から貯めていた貯金箱を毀して、出かけたという。朝のうちから出かけて暗くなっても帰らず、千代の心配の仕方はひと通りのものではなかった。

町に着く手前に、川に架けられた大橋がある。その橋を通っていた荷車や人が機銃掃射で狙われた。と大騒ぎだったのだ。まさかそれに紛れていはしまいな、と自転車を飛ばしてくれたのは隣家のおっかあだ。

県道に立って、むかごとその弟の影が見えるのを、今か今かと、村人たちも一緒になって緊張して待っていた。子供の足では一日はかかるわな、と話してる村の衆たち。薄闇迫る頃、小さな影がぽっちと見えた。

千代は、なり振りかまわず駆けに駆けた。倒れるように跪ずいて二人をしっかり抱いた。そして、声上げて泣いていた。

むかごの手には、蛤がしっかり握られていた。その貝の中に白い薬が入っている。それが石屋の薬で吹き出物に効くと伝え聞いての、むかごの、まったなしの行動だった。靴下を穿いたように埃で白くなった足に、ぼろぼろの運動靴。二人ともマメが出来、そのマメも破れ、漸く足を引き摺っていた。村の衆に肩を叩かれたり、よかったよかったと言われて、二人は照れ臭そうに俯いていた。東京の子は命拾いをしたんだわなぁ、ふんとによかったすけ。

使い切って空っぽになった蛤の貝は、今も、千代のお大事さん、と書いた小箱に収まっている。

川っぷちに建っていた小屋は大雨が降り続いた朝、床下まで川の水がきてしまい、ぴたぴた叩く波の音で目が醒めた。家が流されている、何もかもが一緒くたになってぷかぷか浮いて流されていた。俎板も鍋も下駄も、おわいも、藁屑も引き連れて……。

それは瞬間の思いで、小さな家は根が生えていた。孤立しての水の中だが、大丈夫だった。流されてはいなかった。

こりゃヴェニスだ。行ったことはないけど、ヴェニスとはこういう所らしいよ。水の都ヴェニスというんだからね。千代は子供たちに知ったかぶりを言っていた。花の都ヴェニスともいうのよ。ヴェニスはなかなか便利で、水汲みに行ったり洗濯物をしにいかずとも、すむらしいよ。ほら、こういうふうに、居ながらにしてそれが出来てしまうようなものね。花の都―ヴェニス―この小屋も―ヴェニス　千代は、水の上に美しい光景を描いている。

水の中に孤立してしまっても村人の農舟が迎えに来て、川の真ん中さ行って、飲み水汲んで来やしょう、と誘ってくれる。千代は小屋からそのまま跨いで、バケツを手にして舟に乗せてもらう。

この村には、村長の家ぐらいにしか井戸はなくて、川の水が飲み水なのだ。乗って来ない家の分の水汲みのための手桶やバケツを積んでいるが、子供たちも何人も乗っている。川の真ん中でみな真っ裸になりざんぶざんぶと飛び込む。こちらにいたと思うと、反対の舟べりから顔を出す。

千代は幼い頃、やはり町はずれの川で裸ん坊で遊んだことを想い出す。その信濃川もよく氾濫したものだ。二階まで水が来たこともあった。ここの川でも盆舟流しはするのだろうか。

水が引いて水の都ヴェニスではなくなり、千代たちの生活も、元通りに戻った。いつもの朝が始まる。小屋の板戸を押し開けて、千代は腰巻をばたばたはたいていた。その手の爪、両方の親指の爪は蚤を潰したせいで赤くなっている。人間の血を吸った血だ。起きるとみな口々に蚤を何匹取った、殺したと報告しあうのも日課のうちである。小さな子供でも指先に唾をつければピョンピョン跳んでいるのを抓める。それほど蚤はいくらでもいるのだった。三歳の女の子は、唾をつけるつもりが、蚤を慌てて口の中に入れてしまったと騒いでいる。大水のせいで特に今年は蚤が多いという。

長女の久代が、重なるように寝ている中で、ぼりぼりやっていたと思うと、突如、声を上げる。眠気の声ながら、しっかりした叱責の声を千代に向けた。母さん何やってるの。朝から白旗振って、まるで降参してるみたいじゃないの。いつどこで、敵機に見られてるかも知れないんだよ。大丈夫、大丈夫、飛行機の姿はまだないよ、日本のでさえ今朝は飛んでないから。もう、母さんって人は何をしでかすかわからない、気ぃつけてよ、非国民として引張られても知らないよ。久代さんの言う通りだよ、白旗はまずかったね、と言いながら、千代は、白くもない薄鼠色の腰巻をくしゃくしゃと丸めて見せた。

久代は、女子挺身隊を逃れるため女学校を中退しての疎開だった。村長の要望で、役場に勤めることが出来、人手不足なので重宝されていた。唯一現金収入のある久代は、ここでは旦那さま。一家の長で、千代は、久代を特別扱いをしていた。

その日の正午、日本は戦争に負けた。と、ラジオの放送があった。

千代は子供たちを前にして、かあさんは先見の明があるのよ、昔から千里眼、と言われていたけれど、ほんとにその通りでしょ、こんなお国の大事までわかっていたんだからねぇ、誰もがまだ何もわからないうちに、今朝、白旗を振ってみせたのよねぇ。そう言いながら千代は自分で自分に感心している。やっぱり私は千里眼だ……。うん、ほんとにそう……。

久代が役場に行っているときは、この小屋の主は千代であり旦那さまで千代の天下になる。その頃、千代がよく口にする……狭いながらも楽しい我が家ぁ……をご機嫌よく歌いだしていた。大水で孤立した時も、……水の中でも楽しい我が家ぁ、ここは水の都ヴェニス……と替え歌にしていた。

白いのが自慢の千代の肌は、川風と畑の土に洗われて、この村の生え抜きのおっかあみたいに日焼けしている。その日焼けした胸を、千代は平気ではだけ、萎んだ乳房を見せている。

その乳首に薬で頭を白くした幼な子が吸い付き、乳が出ないのか、ぴたぴたと萎びた乳房を叩いている。まるで音頭を取っているというように。千代は自分の手を赤子に添えて拍子を取り始める。屈託のない顔に、のどかな声がよく似合っている。千代を取り巻いた、むかごを混えた子供たちも、いつのまにか首を振り振り、楽しい我が家ぁ……と唄っている。

# カマイタチ

手術は全身麻酔で、眠っている間にことは済んでいた。

すでに病室に戻されていたのだが、そのことを納得するまでにはちょっとした思い違いもあった……。それがあちらとこちらの境界線をさ迷ったということになるのかも知れない。麻酔が切れての最初の目覚めのとき、茫漠とした中に包まれていた。それでいて、いやに高いところにいる感じがして、なるほど、手術は終ったらしいものの、いまだ手術台の上に乗せられたままの状態で、手術室から出してもらえないのだ、と思った。

小学一年の孫とその母親であるわたしのひとり娘が、いまか、いまかと手術室からわたしの出てくるのを待っているはずである。ほれ、もう気がついたし、元気だからさ、と言って安心させたい。

早くここから出してくれればよいのに。さっき、ちらりと懐中電灯で照らされた。看護婦が様子を見にきたのだ……そのときにしろ、いよいよここから出してもらえるのだ、と心づもりをしたのに、そのまま置かれた。こうして、麻酔も切れてきたというのに、看護婦にそれが伝わらないときはどうしたらよいのだろう。手術台の上だと思っていたが、実は、すでにストレッチャーに移されていたらしい、ということさえもわかる意識の目覚めである。

それにしても、この細長いだけの上にいるのだから、落ちないように努力しているのは大変……。それにどうしてこんなに高くしているのか、天井に手が届いてしまうではないか、高さの意味が気になる。あっ、もしかして、出来たてほやほやの死人？　死人の生まれたてというのも妙だが……ここはその仲間たちという場所というか置き場かも知れない。これから解剖される仲間たちと一緒に、立体的に何段にもなったストレッチャーにわたしは置かれているらしい。しかも、最上段にだ。

ほら、ドアが開いた。足音がする。この機を逃さず、今度は捨て置かれないように何とかしなくてはならない。声を出せばよいのだ。出さねばならないのだ。

生きてるよ、と言って判ってもらわねば……。

さあ、近づいてくるのを掴まえなくちゃ。渾身の力を込めているのに、まったく呂律が廻らない。自分でない声で、それでも漸く、何時でしょう、今。と訊いていた。三時半です。えっ、夜中の。そうですよ。その声はそれきり行ってしまった。

随分つれないものだ。死んだわけじゃない、生きているとわかったのだから、連れ出してくれたっていいじゃぁないか、わたしには外で待っている者がいる。身寄りといってはその二人きりなのだから。冗談じゃない。やっぱりこの扱いは不当だ。どう考えてもみても死体に対するものでしかない。なんだかひどく理不尽に思えてくる。そして、やたら哀しい。娘と孫の顔が浮かんでは消えていく。もしかして永久にこのまま置かれてしまったら。そうだ意を強くして喚めかなければ通じないのかも知れない。然し、喚めいてまでここから出たがるのは、どうもはしたない。死人だったら、死人らしい自覚なり、矜持なりが必要だろう。往生際がわるいというか、見苦しいばかりではないか。

夕方の四時ぐらいには手術室に入った。三、四時間の手術ときかされていたから、遅くとも八時前には終っていてよい。それが夜中の三時ということは、手術に手間取ったということか。それで、まだ麻酔から醒めていないと思われているのか。または、手術中に何事かが生じて、一度は家族に逢わせたものの、霊安室めいたところへ入れられてしまっているのかも知れない。解剖する前の待機場所？ 懐中電灯で覗きにくるのは、どのくらい死んでいるかを見にきたのか。だとしたら、時間など訊いてなんになろう。別の言葉で働きかけねばならない。どのくらい死んだか、と、また覗きにきたとき、うっかり眠っていたとしたら、取り返しのつかないことになる。ほんとうに死んだと思われる。眠らないことだ。わたしは睡魔とたたかう。

朦朧とした中でごく自然にあちら側にいきたがっているような自分を、こちら側に引き戻そうと躍起になっている。それに高い所なのだ、括りつけられたようになってはいるものの、緊張を欠いたら落下する。死人が落下するなどはしたないどころではない、みっともない。

あれから、随分時間が経過したと思うが、もう、人はやってこない。まったく近づかない。とうとう打ち捨てられてしまったのだ。それなのに、長い時間を、たったのひと言だけを発しようとするために、こうして真っ直ぐの力で心身を支えているのだ。下の死人たちはとうに諦めてしまったのか、うんともすんとも言わない。大人しいものだ、早々に未練を捨ててあちら側へいってしまったのだろうか。

立体ストレッチャーの一番上にわたしは確かに括られている。だから落ちはしないのかも知れないが……。時間の経過とともに、その括られ方は強さを増している。異常だ。試みに動こうとすると、その戒めがきつくなる。形式的な括られ方ではない。ぐるぐる巻き、それも太いゴムバンドか何かでである。いや、ドライアイスで凍らせられつつある感覚なのかも知れない。次第に硬直していくその過程なのだ。どちらにしても身動きも寝返りもできない。何しろ半分死体いや全部かも知れないのだ。その死体ゆえに寝返りをしようなどとは毛頭思わないが、これではわたし自身すでに死体として扱われることに応えていることになる。無抵抗だったというだけで、素直に応需したと思われる。それは自ら選んでの自縄自縛といえる。ともかく、少しでも動いたら安定の悪い立体ストレッチャーごと横倒しということにもなりかねないし、下の死人たちにもいい迷惑だ。そんな不様を曝しての生涯……最後の幕を閉じたくはない。

天命を待つとか、天命を知るとかの境地は告知されたときからある。あるがままに受け入れている。そういう素直な者に対しての仕打ちとしては、絞めつけ方が限界を越えているのではないか。しかし、これも、試練というなら受けて立つしかない。もっと、きつい試練でもよい。生きるにしろ、死ぬにしろ、これではあまりに中途半端過ぎます。

そんな境地になりながらも、一方ではドアを開ける微かな音も聞き逃すまいとして、耳をそばだてている。今度逃したら永久に出られない。ここから……と。

それでいて、何とも言いようのない、いわく言い難い心地も味わっている。心もとない浮遊感といったものだろうか。ゆらゆらと漂っているような気分で、これはこれで愉しませてもらいましょう。春の気流に乗っているようだ。

ドアが開いた。ひたひたと歩いてくる。まさしくこちらに向ってやってくる。懐中電灯をまともに向けられた。間髪をいれずに声を出していた。ここから出してください。

えっ、この病室から？　術後なんですよ。声を残して、ひたひたと音は遠ざかり、ドアは音もなく閉ざされた。天井近くにあった躰が、急に音もなくすとんと落ちた。手術は終って病室に戻されていたとは……春の気流も煙のように消えた。普通のベッドの位置に落ちついたわけである。

括られている気がしていたのは、手術で失われてしまった乳房のその亡き跡を守るために、白い包帯でぐるぐる巻きにされているせいだった。いや、死にはしなかったがなんらかの事情で石の塊になっているのだ。このわたし自身が石になってしまっているのでは自分の意志で躰を動かそうたって、動くはずがない。それでも意識の中で時間をかけて自分の躰を丹念に探っていった。次第に判ってきたことは、石の躰であっても左手はどうにか動くかも知れないということである。続いて右手の指先も微かに動きそうな気配だ。動かしてみると、チョロチョロ動いた。石の塊であっても先端の方は生身らしい、生きてる生きてる。

左腕近くに置かれた生きている右の指先に誘われたように、どでんと伸ばされていた石の左腕は、どっこいしょと自分から曲がって見せ、一の腕を胴体の上に乗せた。そして、右指先と同じに生きている左指先をちょろつかせた。たどたどしく這わせている。それで知ったことは、右腕は直角に折り曲げられ、一の腕は必然的に亡き乳房の裾野の下を通っている仕組みになっていて、掌は左乳房の下を抱え込むようにしている。自分の意志ではなくとも守りの姿勢になっている。手首以外は、なぜか微動だにもしない。やはり石なのだ。胴体と腕は混然とひとつに溶け合ってしまった石なのだ。微かに動く指先だけが頼りだ。右指先を再度動かしてみると、柔らかなものに触れた。石ではないものだ。乳房？　あれ、大丈夫なんだ、こっちのは……。へえ、これも生きてた。思わずわたしは声を出した。これでほっとして、精神の力を出し切った……と、とろとろしてしまうわけにはいかない。

左手のたどたどしいが必死な探検は続く。再度、右側を探る。腕は脇の下にぴったり隙もなく押しつけられたなり直角に曲げられ、その腕は同体と一体化し溶け合ってしまっていて区別が出来かねる。どうでもひとつの物体だ。鍵の手のまま普通のガムテープの巾の倍もあるもので、がっちり胴に貼りつけられているからだ、ということを左手の指先の必死の探索で知り得た。いつの間にか石ではなくなっているらしいという自覚にも達しているようだ。それにしても、汗ばんだ肌とつるつるのテープはそぐはない。それでも、一枚皮となれば大した凸凹もなく平らで少し傾斜した土地という風情だ。

左右対称としての、一方の乳房はすでにない。こちらは死者の国だ。失われたものは、無。無の国か……。と思いながら、この荒涼とした風景はなぜかすでに知っている景色に思えた。

小山ひとつ、そう、樹木あり、草茫々としていて四季折々の花を咲かせ、緑も刻々に変化していた奥多摩にある山だった。その小山は、ある山の登山口近くにあったのだ。小さいけれど、いっぱしだった。すすきがいっぱい群生していて、夕暮れに山から降りてきたときなど、今日の一日を惜しむかのような強い陽射しを受けて、すすきはいっせいに銀色に耀き踊って見せてくれた。そのあまりの美しさに息を飲み、これだから、山歩きはやめられない、と嬉しく思ったものだ。この小さな山が好きだった。

しばらく振りに山を訪れたとき、手前にあるその小山は跡形も無く消えていた。違う場所に来たみたいだ。山に入らぬうちから踏み迷ったような。確かにあった山が、平地にならされていた。ダンプとブルドーザーが置き忘れられたまま捨て置かれていての風景に、わたしは釘づけになる。無残ともなんとも……消えてしまったありし日の小山、それへの愛惜の思いでわたしは立ち往生してしまった。思わず踵を返してしまった。それきりその傷ましさに触れたくなくて、そこが登山口の山には行っていない。そのときから、わたしの山歩きには影がさした。自分の躰にも故障が出てきた。

さらに言うなら、乳房喪失の跡というは、道路工事の現場に似ている。穴を掘った跡を一時的にでも鉄の板を渡して仮の道を作るが、それに似て荒々しい。

左乳房は仰向けに寝ているせいなのだろう妙に扁平で、温もりもなくひっそり、それでも間違いなく存命している。

いつの間にか、首をもたげられるという自由を確かめたわたしは、懸命になっての鎌首だ。眼での探検を始めた。

乳房のあったところは、幾重にもガーゼがのせられ、そのガーゼの上は黄色い薄い油紙状のもので覆われ、白く大きなバッテンがなされている。とほほ、砂漠となり申したか。無、空っぽの風情が露わすぎる。意識の上で探索して、指先でも探り、視覚でも探った。丹念過ぎるし執拗だとわれながら思うが、その失われた城への守りは固いということも、同じく捉えてもいる。

乳房という城は陥落され見る影もなく、炎上してしまったのに、城を失った方の、一の腕二の腕が城壁を築き、その跡を守っている。腕と胴体は左指先で探った通り幅広のテープで貼られていた。肌に似せての肌色のテープだが白々しく荒涼とした風景だ。然し、例え負け戦だったにしろ、戦い終ったものへの労わりなのか強固な構えといえる。

それにしても、手術室の前で待っていてくれた娘と孫にはとうとう逢わなかった。乳呑児を抱え実家であるこのわたしの所へ戻って来たときの、あのどうにもならない寂しさを湛えた母子の顔が……手術室のドアの前に立っている顔と重なる。抱きしめてやりたいのに、ままならぬ……。

なぜ、どうして、と、思いめぐらしているうちに、何かの大きな手に素早く奪い去られる。とてつもなく大きな洞にまるごと吸いこまれる。まったなしの眠気である。

こんこんと眠っていたのか。なにかが顔の上をよぎった気配を感じた。また、近づきよぎった。もわっとした雲の向うに由紀の笑顔があった。口をパクパクさせている。孫の洋の顔もあった。照れているときのはにかんだ笑顔に、こちらも照れながら、甦って始めて頬がゆるむ。ああ、わたしは生きていたのか。改めてそう思う。石のように重いが、石そのものではなくなって、今は電信柱がどでんとしている。どのくらいの眠りを眠ったのか、時間の観念がまるでないが、今度こそ意識が戻ったようだ。

母さんが入れ歯を取った顔は人に見られたくないと言っていたけど、手術室に入るときもだけど、終って出てきたときも、母さんエロシェンコに似てたよ。娘というは、親に向けてつぼを心得ているとでもいうように、得たり顔をしてとんでもないことを言い出すものだ。気恥ずかしさを通り越して消え入りたくなる。竹橋にある近代美術館に、中村彝描くところの、ロシアの詩人、盲目のエロシェンコ像がある。その絵が好きで、時折逢いに行っていたことを知っている由紀なのだ。まるで恋人に逢いに行くみたい……親をからかうのが、今ふうだとでもいうように言った。それと画集からの模写だが、水彩で描いたことがあったのを思い出してくれての、手術をすませたあとの母へのいたわりのつもりでもあるのか。そうか、模写といったってわたしが描いたのだから下手な自画像になっていたのだ。

わたしは生還したんだ。かけがえのない娘と孫が傍にいて口をきいてる。わたしは入れ歯の入れていないすぼんだ口でものを言っている。それを感じていることが生きてる証なのだ。この二人のために、今しばらく命を繋げるのだろう。入れ歯が由紀の手から口の中にそっと入れられた。この入れ歯もまた、再び場を得た。同伴者なのだから当然といえるが、わたしと共に口の中で喜んでいるふうだ。

ゆうべ八時すぎに母さんに逢ってるんだけどな。母さんウンとかハイとか言ってたけど、まだ麻酔から覚めていなかったんだね、きっと。本人はなぁにも覚えていないのよ、ごめんね。由紀の明るい様子から、手術の結果はよかったのだとわかる。間違って不帰の人になってもおかしくはなかったのだ。手術前、事故があっても不問、という念書に保証人の印まで添えて提出していたのだから。

結果は訊いているのよね、わたしは由紀の顔を見る。母さんの見たよ、このぐらいあった。母さんペチャパイなのに取ったのは以外と大きくて驚いた。両手を差し出し、重そうに捧げる恰好をしてみせる。へえ、由紀がねえ、よくまあ、ありがと。私が見なけりゃ誰一人見る人もなく……ってことになっちゃうでしょ。血を見ただけで倒れてしまう娘だったのに……とわたしは胸が詰まる。

色は悪くなかった、その中央に筏みたいのがあってね、それは多分、皮膚が丸まって出来たんだと思う。ああ、イカの皮がめくれていくときみたいに。と、わたしは合の手をいれる。その筏の真ん中に乳首がぽつんとあって、それが、まるで母さんがしょんぼりうな垂れて坐っている姿に見えてね、そのとき急に、ああ、母さんの、もう無いんだって、悲しくなったけど、このおっぱい飲んで育ったんだなぁって、何とも言えない気持にさせられた。先生がそれを裏返して、「これが癌」って、血のついたゴム手袋の指先で教えてくれたけど、少し変色してわずかに盛り上がってるかなってぐらいで、もっと違うイメージしていたのかなぁ、私って……そんなものかって気落ちするっていうか……薄くって五円玉ぐらいなボタンだった、どう見てもそんな悪玉のようには見えなかったんだよね。でも、思ったより根が深くって、胸の筋肉も削ぎ取ったんだって、予定通り肩のリンパ腺も脇の下のも取ったからね。削ぎ取った筋肉の細胞もリンパ腺のと一緒に病理に廻して調べるんだって、そうそう、母さんのおっぱいフォルマリン漬けにするんだそうよ。

由紀はそんなことをいっ気に話して帰っていった。あんな気丈さを由紀が持っていたなんて驚きだった。泣き出したいのを堪えていたのだろう。よかったよかったを繰り返していた。いつもの気弱さは姿を消し、気迫めいたものさえ感じられて、由紀に圧倒されもしたのだった。どんなことも隠しちゃいけない、いたわりや思いやりのつもりで加減したり嘘ついたりしたら、それは母さんにむけての侮辱だからね。と強い言い方をしておいてよかった。

二ヶ月ほど前の朝方、胸痛で目覚めた。狭心症と言われたことのあるわたしは、思わず痛い箇所を探るべく、鎖骨のあたりから下に向けて人差指を立てそっと撫でてみた。直線的に一本の腺を引いたのだ。心臓は左にあるのに、発作がくるときはなぜ右胸に痛みが走るのだろう……と。その途上で、立てて動いていた指が躓いた。えっ、何っ、これっ。思わず声が出た。癌だ。直感が教えてくれた。なぁに、母さん。寝ぼけた声は、洋を真ん中にして川の字になって寝ている向う側の由紀である。うん、何でもない。

それから何日かしてわたしは外出した。まとめての外出の中に病院も入っていた。洋のことでちょいちょい利用した病院に足が向いていた。総合病院だし洋が見舞いにきてくれるのだから、少しでも洋が馴染んでいるところがよい。受付で、乳癌だと思うんですけど、婦人科でしょうか？　と訊ねると、外科だと教えられる。大分待たされたあと、通された診察室で、癌だと思うと伝える。診てみましょう。わたしが指でさしたところをそっと触れたなり、医師は癌ですね、とあっさり答える。

レントゲン室では、圧搾機めいたもので、押し潰したり、両方から厚い壁が迫ってきて挟み込まれたりした。右の乳房だけではなく左乳房も同じ待遇を受けた。無理矢理の形をとらされていてまるで他人さまのような乳房だった。乳癌と疑われたり、断定された女人たちのそれぞれが、胸を突き出して、通過儀礼を受けた場所なのか。断頭台を模してミニチュアにしたようなそれは、ただひんやり冷たかった。エコー室では、丹念にゼリー状のもので塗られた上を、刃を抜いた髭剃機みたいのでぐいぐい押し込まれ、撫でさすられた。乳房は先ほどと異なった変形を、と、せがまれている。近くにある画面からはただ白黒の映像がジャラジャラと流れていく。両の胸を曝しにさらしたこれらの検査の結果は一週間後だそうである。

その日、由紀は会社を休んでついてきた。一人で大丈夫といくら言っても無駄だった。前の時だってさ、ついてきたかったのよ、と恨みがましい。母さんはもしかして黙ってことを運んでしまうつもりではなかったでしょうね。フィルムの説明を受け、手術日も決まった。乳房温存方と乳房そっくりとってしまう方法とある……。との説明に、どうぞとってしまってください、とわたしは答えていた。あとで、由紀が言うには、医師の方ではよく考えて、相談してから返事を、というつもりで説明をしているのに、母さんったら即座に即決、先生の方が戸惑ってたよ。傍に付いているこっちはどきどきはらはらだったよ、母さんって私が傍にいても関係なし、形だけでも相談してくれたらいいのにさ。そうね、そうだよね。ほんとにごめん。

温存方の場合、退院後も通院して放射線を受け、抗癌剤投与を五週間、それを一サイクルにして云々……と。まるごと摘出してしまえば、その必要がない。開いてみての症状次第との但し書きつきだが、一挙に終ってくれるに越したことはない。今の状況は、はからずも躰の中の一部分が病み、蝕まれてしまったが、あくまでも小部分なのだから。コンペイ糖と言ったのは医師だが、コンペイ糖とは可愛い……と思った瞬間、地雷みたいなとげとげがこの胸に潜んでいるのかと、そしてそのとげがどんどん増殖し、しかも、いつ爆発しても不思議はないのだと、ぞっとしないでもなかった。でも、まっ、いいか。コンペイ糖にしとこう、カラフルなのがわが体内にひと粒潜んでいるまでさ。わがコンペイ糖は何色？　手術してそれを摘出すればよいことだ。それに、ホームグランドともいうべきところも、あとあと面倒が起きないために、切除する。それぐらいのことは仕方ない。ともかく乳房まるごと摘出してしまえば放射線だ抗癌剤だのというややこしいことから解放される。通院となれば病人になってしまう。願わくば病人にはなりたくない。病んでしまった部分をだけ突出させて見詰めていよう。コンペイ糖は空色にしようかしら……。

癌と診断されてから、由紀の様子が変ってしまった。心配だ不安だと過剰に騒ぐ上に、過大な気遣いをされるのでほっといてくれと言いたくなる。こうして病人にされていくのだと思うと、つい、心身ともに健康ですよ、病んでいるのはちょっぴりの部分なんですから、あまり心配してくださいますな。と、可愛げのない言葉がわたしの口から出てしまう。由紀はどうでも病人にしたがる。母さんは自分のことなのに、自覚なさ過ぎよ、ところで今日はどうなの、気分は。と、畳みかけてくる。気分も何もかも普通よ。それより、入院だ手術だ、と決まっているから忙しいのよ、うかうかしてたら時間切れだものね。相手のことを考えればしおらしく病人になっていたほうがよい、励まし甲斐も慰め甲斐もあるだろうに。しかし拡大して考えたくはない、なろうことなら秘密裏にことをすませたかったぐらいだ。わたしは娘のやさしさに閉口している。

現にどこも痛いわけではない。あえて言うなら、少し先の未来に、ある区切りができて、ある意味での緊張感といったようなものを強いられているというか、それが快い。といった按配なのだ。実際、何やら高揚した気分なのである。これまで生きてきてこういう形の高揚感を味わったことはない。躁だの欝だのということに関係なく生きてきた気がするが、いまこそ、躁状態であるのかも知れない。入院したら、手術の直後は仕方ないとして痛みを忘れるためにも猛烈な読書だ……と勢いこんでいる。上げ膳、据え膳の暮らしなどという、そうしたホテル住いに似た生活は生涯にそうあるわけではないのだから、それを最大限に利用したい。スーツケースに若き日に読んで感動を受けた長編本などを詰めている。あの主人公たちに逢える……。青春再びではないか。

死が近くにやってきて、これまでとはどうでも違う思いの中にもいる。洋と由紀を残してそう簡単に逝ってしまいたくはない。考えなければならないことがいっぱいで、その交通整理も思うにまかせない。あることを身近に引き寄せ、また、遠くに押しやりしているうちに、入院を迎え、手術となってしまった。時間切れになった。時間は容赦なく猛スピードで過ぎていく。

失ったはずの乳房がある……。いや、そんなはずはない。自問自答しながら、左の掌は右脇の下に伸び、持ち重りのするそれを押さえ込んでいる。たっぷりの乳を溜め込んだ確かな存在としての膨らみだ。紛れもない乳房ではないか。

七月十三日の金曜日、その日の夕刻に右乳房は摘出されている。取ってしまった箇所は扁平なんていうものではなく、抉り取られて、いわば穴化している。幾重にもガーゼが施されているので、その穴化したものの実態に触れてみるわけにはいかない。それでも、およその見当はつく。

ふたつの乳房を山に見立てたとしたら、山と山の間に生じた癌である。裾野に陣取った癌は右乳房に属する。コンペイ糖ぐらいのものと診断されながら、開いてみると、奥深く根を張っていたという。故に、その下の筋肉まで削り取ったぐらいだから、それなりの大穴となっているはずなのである。それが、突如噴火したとでもいうのか。

ほんとうに何としたことだ、この膨らみは。わたしはふうっと息を吐く。なんと未練がましいわが乳房なのだ。失ったものは失ったもの、わたし自身の中では強がりでなく、なんの未練もない、それがわが信条というものだ。子は生んだものの、そして、乳房を含ませはしたものの、この乳房喪失という現実を前にしてみれば、女らしく生きなかったからの罰なのだと受け止めているのに、何やら躰のほうが納得していないというか……。ちょっと、そこまでは面倒見切れない、覚悟が足りん。と憤慨してみても、現に、左の掌が乳房らしきものを確かめているではないか。亡き乳房がありし日の姿を求め、思いをこめての何かをやらかしたというのであろうか。わたし自身のあずかり知らぬ執念だか妄執だかに駆られた幻想の出現である。そう思うしかない。この温もりとそれなりの重さは、現実だ。

目覚める前、乳を慕って泣く赤子の声をきいた。遠い昔が目の当りにある。早く呑ませてやりたいのに、当時、わたしは義姉が経営するパーマ屋の手伝いにいっていた。書入れどきで、食事抜きは当然のことで、トイレさえも思うにまかせなかった。そういう職場だった。年末年始を迎え人手不足で駆り出されていたのだ。正月用におしゃれしたい女が髪を縮らせるためにどっと押寄せる。番号札を出したり、捌きされないのを捌いていく。紅白歌合戦をパーマ屋でとか、除夜の鐘をパーマかけながら聴くのが恒例になってるの、と自慢する客もいるのだ。

実家は近いのに、飛んでいくこともできない。母に預けた由紀がこの乳を欲しがっている。その信号を受けた躰がこうしてチクチクと乳を漲らせ、反応しているというのに。乳房はますます漲ってくる。痛い。重い。由紀は瓶で呑むミルクを拒否して祖母を困らせているのだろう。漲った乳首は堪え切れなくなって白い乳を出し胸を濡らす。滲みを作る。新米母親のわたしの眼から涙が落ちる。白い仕事着の胸に広がる染みは血の滲みに見えてくる。

やはり昔のことだが、母が言った迷信めいたもの、小耳に挟んだそれを思い出す。おっぱいが張って張って痛くってね、あなたが赤ちゃんのとき乳腺炎になって、そのおっぱいは呑ませちゃいけないのよ、でも、お乳はお構いなく張ってくる。痛いの我慢して茶碗に絞って……時間がたって見たら血になってるの、たしかに白かったのに真っ赤なのよ。乳腺炎だからなのかと思ったけど、母乳とはそういうものだと聞かされて、へえ、赤子に血を呑ませるの、母親は……って思ったものよ。母は母乳というものの凄さを言いたかったのかも知れない。それとも母自身がそう思いたがっていたのか。

乳房が張って苦しくてもこの胸に由紀を抱いて、あの小さな唇に乳首を含ませれば、むせかえりながらむしゃぶりつき、旺盛な呑みっぷりによって漲った乳房の痛みはすっと消えていく。ひもじくても、哺乳瓶のゴムの乳首を受けつけず、頑固に母の乳首を求めて泣き続けているだろう赤子。母はたまらなくなって、萎びた皺くちゃの自分のおっぱいを出し、赤子の口の中に温もりもない乳首を押し込んでいるかも知れない。赤子もその祖母も安らがせることもできないで、人質に取られたみたいに稼ぐのに追いまくられている……。ごめんね、わたしの赤ちゃん、初孫を預って途方に暮れている母よ。

そうだ、夢の中で、ぷよぷよの小さな掌をも感じていた。乳を口に含みながら、乳房を押したり撫でたりする由紀である。その遠い昔の再現の仕方は可愛さも痛さまでも同じで、不思議というしかない。痛いのは痛い。それなのに、なんというやさしさに包まれていたことか。己のあずかり知らぬありようを示す躰というものに、わたしはただ呆れ、戸惑う。中心から外れてはいる。ぐっと脇の下寄りになるが、新しい乳房が本当に出現している。この痛みと漲り、そして、温もりと重さの……この内なる恵みがその証拠である。その疼きを抑えるべく手を触れていて、何やらとつおいつ思い巡らしているうちにわたしはゆうべのあることに、ふと気がつく。

点滴の瓶のぶら下がっているキャスターつきの棒、下のほうにも瓶が括り付けられている。その瓶には透明のビニールチューブの管が挿入されている。その管を辿っていくと、わたしの胸の手術した箇所に辿り着く。そこから廃液となった血液混じりの液体が流れ出る仕組みになっていて、看護婦が絶えず覗きこみメモしていく。廃液が流れ落ちているかどうか、血液の混じり具合の状態と廃液の溜まり具合、瓶には目盛りがついている。

わたしも看護婦にならって、自分の胸と繋がっているその管を見守るようになった。混じっているのは血液だけではなく、黄色状の液も混入し始めている。さらに糸状の血液、それを束ねた塊のようなものも……。そんなとき、流れは渋滞するので、看護婦はチューブを片手で持ち、もう一方の手を添え親指と人差指で押し絞るようにして、瓶へ送り込んでいく。看護婦が見廻りにくるまでの間、わたしは順調に流れていきますようにと祈る思いで目が離せなくなる。とうとう、その管の中継点、二センチ角ぐらいの繋ぎのある箇所に、糸状のに加えて小さな肉塊たちが押すな押すなと入り込み、詰まってしまった。管というトンネルに散らばり流れていた小さな藻屑めいたものたちの集積だ。廃液の流れは止まった。この流れが詰まると大変ですからね、詰まらないようにしなければ。と、しごきながら言っていた看護婦の言葉がある。

ゆうべはすでに術後四日目、点滴の管やら廃液の管の繋がっているその棒を引き連れていけば、移動は自由である。ベッドの頭の上にあるナースコールのボタンを押すのが苦手なわたしはナースステーションにいく。そこで詰まった管を見せる。夜勤の看護婦がいて二人で管をしごいたり振ったり両手で挟んでぴたぴた叩いたりしたが、何の効果もなかった。夜勤の先生に訊くからベッドに戻っているように、と言われ、戻ってくる。

刺激されたせいか、管の中は逆流を始めた。中継点は依然として詰まったまま、そこから上の管の流れが動き始め、ゆっくりにしろ胸に向って蠢くように昇ってくる。その動きに下の管まで唆され動き始めている。中継点の詰まりも何のその、ゆっくりゆっくり同じ方向に向って行動を開始してしまった。肉の切れ端状のものや、蛙の卵めいた細い帯の細胞が混じっている廃液が瓶の中から、この胸の傷口の中へと再び戻ってくる。行進している。こんなことがあってよいのか。廃液が躰の中に吸い込まれていく。水びたし、いや、廃液びたしになっていく。亡き乳房の跡地は沼地と化す。胸のガーゼから血膿が滲み出し、パジャマの胸から脇の下がじっとり濡れてきた。廃液が地図を描いている。おねしょでもしたみたいなその滲みからわたしは眼をそむける。あれきり何の連絡もない。

再び、点滴棒を連れて出かける。ガーゼを替えて様子を見るようにと指示されました、と処置室で二人がかりでガーゼ取替えをしてくれる。処置をしながらの看護婦の会話は中継点の話で、ここ外して中の詰まりを除いたことがある、それで流れたと一人が言う。でも、細菌が入ったら大変だからそれはしないのが普通じゃないの。二人で頷いている。こういうことってよくあることなんでしょうか。依然として廃液ビンからは糸ミミズがぐにょぐにょ登ってきているし、それらが押し込まれていく中継点を見ながら、わたしは憮然として訊いてみる。

らちがあかない、管をぶった切って逆流してくるのを阻止したい。いや、切断した管に唇を当て廃液を吸い取ってやりたい。叶うことならこの廃液を、摘出した跡地にばら撒きたくない。いっそ、胃に送りこめば躰の仕組みに従って排泄されるだろう。先生は心配ないと言っています。眠れないようでしたら睡眠剤を飲んでもよいそうです。そうですか、と素直になれない。薬を飲まなけりゃ眠れないほど、やわにはできていない……と釈然としないことには肯んじない拘りがある。何しろ覚悟して臨んだ手術だから、痛かろうとてうろたえはしなかった。何もかも受け入れてきた。耐えてみせた。それで終りにしたかった。これでは事情が違う。廃液が流れないことで、逆流したということで、まだ癒えていない傷口がどんなに慌てたか、晴天の霹靂の汚水の洪水に遭っているのだから……。

術後の痛みとは別口の、どうにもやりきれないような重さと腫れぼったさ、その痛みと圧迫感はますます酷くなる。どきんどきんと鼓動を打つ痛みに神経質になるな、と、いくら自分に言い聞かせても、ああでもないこうでもないと何も判らない素人ゆえに、なおのこと、まずよいことは考えない。看護婦がやってきて、挿入されていた管をあっさり抜いていった。新しい管は挿入されない。もう、パジャマに地図を描くことはない。沼地にいっぱいガーゼを詰め込み、漏れないよう頑丈に細工されたらしい。

水泡が出来たとき、針で突っついてシュッと水を出したことがある。そのあとすぐ膜が作られ、また新たな水が溜まる。そんな経験はだれにもあるかも知れない。躰とはほんとに絶妙にできている……と、過ぎし日に思ったものだ。外に出ていけない廃液が溜まっても、シュッと突っついて出してやるわけにもいかないから、脇の下がどんどん膨れあがってくる寸法になる。ほら、こんなにぷよぷよになって、これが痛い、疼く。点滴棒に伴われての深夜の散歩でナースステーションへいく。先生と連絡をとってみます。と、言うだけで打ち捨てられる。諦めと忍耐の限界も、なんとかかわさなければと漸く決意した頃、看護婦がやって来て、心配はいらない水は注射針で抜き取るそうです、と言う。えっ、先生が来てくださるんですか。わたしは喜びの声を出していた。いいえ、明日の回診のときです。

入院していながら、不都合が生じても、即でなくともよいが、それに対応してはくれないという事実を知っただけの夜の時間だった。明日、午後の診察というなら、明日は通院にして午前中に診察を受ければ、処置して貰える。しかし、囚人の身、身柄はお預けである。脱走して、通院して来るなどは無理な話であろう。よくよくこの傷口が哀れになる。何という因果な傷口よ。薬にもならない廃液に浸され晒されるとは……しかも、今となっては、廃液でなく水と呼ばれている。廃液も昇格していくらしい。

乳房をとったあとの窪地に水が溜まっていく、湧いていく。それに加担するかのようにわたしの眼から涙がつうと流れ落ち、とめどない。薄い掛け布団を引っ張り上げ顔を隠し、その中でひっそり泣く。唇を噛んでいた。癌と知っても動揺せず、悲嘆にも暮れなかった。その自分を好もしいとしていたのに。廃液が溜まることで痛みと圧迫は胸と脇の下ばかりではなく、肩から背、くび筋へと広がっている。廃液が行き所を求めて販路を広げていくのを横目でみているだけ。広範に渡ってこんなにパンパンと張ってしまったというのに、睡眠剤で誤魔化そうなんて、素人だって試みはしない。精神安定剤も、などとも言っていた。何かが違う、理不尽だ。何かが噴出してきそうだ。傷口はどんな思いでいるのやら、そうでなくとも、ぽかんと穴が開いてしまって、やり場のない寂しさの中にいるだろうに。無知ゆえの不安だろうが不安になってはいけない、それは心の弱りになる。いろいろな感情が交錯する。順調にいくはずのものが、ビニール路線が渋滞したために起きた事故が引き金になって、一体何をやらかすやらという思いに支配される。乳癌が部分的な病気ではなく全身病だということぐらい知っていても、この部分さえ切り取ってしまえばきれいさっぱりすると、思いたがっていたのに……。躰の中央部に位置を占めていた曲者なのだから、その中心からもろもろのものは派生していく。あらゆるところに転移しやすい癌なのだ。不安になるな、という方がおかしいだろう。

そういえば、告知されたと同時に手術日も決定されたのだが、七月十二日と決まりながら、一週間ぐらい後に、担当の医師から電話を貰い、七月十三日の金曜日にしてもらえないか、と打診してきた。そちらのご都合のよろしいように、とわたしは返事した。思えばあのときから、この事態がやってくるのは判っていたようなもので、縁起をかつぐとかには一切関係のないわたしだが、今は、十三日に躓いている。由紀が十三日の金曜だなんて、嫌がる患者がいて母さんにお鉢が廻ってきたんだよ。こちらだって手術日変更を願い出ようよ、と落ちつかなかったとき、押しとどめたわたしだったのに……。これが始まりで、次々に穏やかでないものが押し寄せてくるという思いになる。忘れていたが、告知ははっきり言ってくれながら、手術の結果については執刀医である担当医は沈黙のままだ。切除したものを娘にみせながら説明してくれたのだから、それで完了しているとしても、わたしは何でもはっきり言い過ぎるんですよ、と、言っていたそれに縋りついた自分、真実を言ってくれる医師でよかった……安心が買えたと思ったことを思い出す。言い難いことでもあって避けている……叶うことなら黙っていたい……ということだろうか。そういえば術前に、顔を見たきりだ。術後の手当ては副担当である。勝手な詮索が続く。由紀にしてもあの話の仕方は、このわたしの前から早く逃れたいというふうではなかったか。あのときは、麻酔から醒めて、まだ、ぼうとしていたから、鵜呑みにしたが、今にして思えば由紀の様子はあやしい。今さら、何かのと疑うのも不本意と思いつつ、疑問が生じたらそのままにできない。ただ真実を知りたいだけになる。躓き始めるときりがない。

ゆうべの管つまり事件は、納得のできないまま、疼きと圧迫感とのたたかいとなり、まんじりともしなかった。不快な痛みに加え、不安材料の増幅していくのを、横目で眺めながら、ぐじゅぐじゅしていた一夜となった。ああ、自分らしくない、と自分に腹を立ててもいた。それでも夜が明けていくのに気がついて、カーテンをそっと引き、窓もそっと開けて外を見た。さっと新しい空気が入ってきた。夜の刻が朝のために身を退けていこうとするあわいのときだった。暗いとも明るいともいえる空気が、ない混ざって、何ともいえない色を醸し出していた。表現し難いこの色合いが好きだ。何かを期待していいよ、との合図のような……その後、どこで安心したのか、疲れが先行してのことだろうが、急に、すとんと寝てしまったらしい。

夢を見ての目覚めだった。ほう、眠れたんだ……よろこびがあった。きっと、朝明けのあの黎明、凛とした爽やかさに心慰められて眠りにつけたのだろう。そして、若き日を引き寄せた夢、由紀を育てたあの感触が蘇ったのだから。思いがけずの過去との出逢いではないか。赤子を抱いて命の耀きを実感したよろこび、それを夢で再現させるためには、多少のハプニングが伴っても仕方ない。苦痛が加わろうとも。ベッドに縛られていながらも、思いがけないことと出逢えた……と、腫れとその圧迫感に苛まれながらもわたしはご機嫌になっていた。やってくるものは拒まずですよ、はい、どうぞ。過ぎたことは過ぎたことです。

わたしはそんな自分を嗤った。そして、はたと気がついた。切除したものについての由紀の説明を……摘出された乳房の、皮を剥かれたそれが丸まり、筏になったその上に乗っかっていた乳首のことや、その乳首に誘発されたからの、乳を含ませる夢だった……と。そしてそれは、もひとつをも、引き寄せて見せた。筏の上の乳首が母さんに思えた、うなだれてしょんぼりしてた……といった由紀のその表現とまったく同じ光景を、かつて、わたしは心の中にとどめたのではなかったか。

学齢前の由紀を連れての郊外での一日。小さな流れがあって、そのせせらぎに合わせて由紀は走りだしていた。幼い走り方はあどけなく声まで上げてのはしゃぎようである。その由紀を追いかけるように流れてきた小枝が、あとを追う。枝の上に危く乗っかり、引っかかっているもの、枯れた木っ端のようなものが、どうしても、筏の上で細い二本の足で踏んばっている由紀の姿に見えてしまったのだ。何ともいえない孤独さ、寂しく流れゆく光景に、わたしは胸を衝かれた。気がつくと、わたしは由紀のあとを追い、小さな手を、しっかり握っていた。幼い由紀の姿をそんなふうに捉えてしまう己の中のものを見詰める前に、わたしは由紀の行く末のことを見たのかもしれない。幸せな結婚をしたと思っていたのは錯覚で洋を生んだあと、いろいろな事情の絡まりで離婚した由紀なのである。それはまるで母のわたしを模した道を辿っているのだ。時も場所もべつではあるが、筏に乗っている孤独な姿……を母娘がともに捉えるというは一体何なのだろう。

朝の検温をすませ、一日が始まった。脇の下の腫れの圧迫感やら疼きもさすが慣れてきたのか、諦めまじりでか、身柄を預けてしまったからという往生際のよいところを見せている。考えに考えたあとの爽やかさである。うとうととしている自分に向けて悪いようにはならないさ、何だって試練、そう、今、試されているとき……と。結構ご機嫌なのである。右脇下のいやに隆起しているそれを、ご機嫌ついでに右手で撫で上げている。それなりの弾力もあり、持ち重りもするね、残された乳房より、よほど豊満ですよ。と、廃液で満たされたそれにわたしは語りかける。抉り取られた位置に隣接して、乳房らしきものが生えてしまったけれど、それはまさしく乳房誕生の姿です。

わたしは真面目に答えてやる。ついで、仮乳房、擬似乳房とからかったあと、北海道にある山の名を思い出し昭和新山ならぬ二十一世紀新山ですね、と口にしてから、末端の仮設路線ビニールに、よくもまあ、振り廻されたもの、と、恥かしくも滑稽にもなる。部分的に病んでいただけなのに、いつの間にか病人になっていた。とにかく、病んだ、入院した、手術したということと事態がままならぬわけで、この事態も当然の成り行きだったと得心する。新山などとおどけるゆとりも生まれたな、と見極めて、その延長線上に乗ったまま、わたしはまたも眠りに引き込まれていく。

術後の眠り方ときたら、入院前とはすっかり別ものになっていた。意識が目覚めているのに、躰のほうが寝入ってしまうというか、また、躰は痛いのだるいのと、喚きながら起きているのに、意識はこんこんと眠ってしまうという形である。加えて、術後のせいにするわけではないが、白昼もついうとうとする癖がついたように思う。明るいときには眠れないたちだった。昼寝、居眠りの類とも縁がなかった。気がつくと、ここでは、ああ、また眠っていたのか……という目覚めがたびたびだった。その感覚は、起きているのにまた起き出す具合で、一日何回も朝があり、その一日の始まりを丹念に重ねているというふうでもある。

わたしは唐突に昭和新山ならぬ二十一世紀新山に向けて人差指と中指をたて、山の麓をとことこと歩かせてみた。脇下登山口から頂上に向かってはなだらかな山というわけにはいかなかった。アップダウンはないものの、急登の連続である。いつの間にか、わたしは小人、それも蚤ぐらいの小人になっている。いつもながらの一人登山でゆっくりペースで息の上がらぬ山歩きだが、さすが苦しくなったとき、山の霊気に包み込まれ頂き近くにきていた。三百六十度の視界を期待して山頂を一順しようとしたとき、息を呑んだ。辿り着いた足元は断崖絶壁なのだ。そこに見えたのは爆裂火口である。噴火したときに、一直線に炎が走ったのだろうその生々しい跡は、無残と言うか惨憺たる様相を示していた。巨大なげじげじがのたくっている光景ではないか。赤黒い色に覆われ、爆裂のときに地底から噴き上げられたのだろう岩石が、黒々と点在している。今まで味わっていた山歩きならではの静けさと自然の空気は一変してしまった。凄まじいとしか言いようのない色彩の上を噴煙が上っていて、大地の焦げた臭気が鼻を衝く。その強烈な色と臭気が、一瞬消え失せて白黒の世界になる。地獄をやわらげた色なのか、靄がかかって視界ゼロになる。眼下に見たものは、見てはならぬもののらしい。

朝食の時間です、の放送で起され、左手に本を持ったまま寝入っていたのかと苦笑した。

日頃、起きてくるなり夢を見たといっては話す由紀が羨ましかったものだ。眠っている間にもうひとつの人生をも生きている娘、わたしは由紀の半分しか生きてない気がした。そのわたしが今は束の間にも夢を見る。眠れば夢、それも多彩、夢がある人生を生き始めた。何やら豊かになりつつある予感がする。運ばれてきた朝食を取りながらも、夢の続きを辿っている。夢の中の出来事も遠い過去の苦楽もすべてが夢らしい。寝ても起きても見ている夢、それに身をまかせていられるのが病院なのかも知れない。日常であって非日常、大袈裟と言われようとわたしにとっては異次元の世界に遊んでるようなものだ。

蚤ほどの小人のわたしが見た爆裂火口とやらを、今、等身大のわたしも、鎌首になって覗いている。廃液逆流でのときも、一日一回の回診どきのガーゼ交換のときも、わたしは眼をつむっていて手術の跡を見ていない。恥かしいとか、怖いものは見ないわたしが、勇気を出して自分の胸を見る。ガーゼをはずしたその中身は、骨近くまで抉られ、陥没した底のほうに赤くただれた肉が見えるものとばかり思っていたが、さにあらず、黒い糸だかワイヤーで縫合されていた。皮膚と皮膚を引っ張り寄せ、きつく絞めているので糸が食い込み、縫い目と縫い目の間は皮が捩れながら、大豆粒みたいのが数珠繋ぎになり、ころころ盛り上がっている。それは小人のわたしが見たげじげじさながらなのである。抉って肉塊を持ち去ったあと、周りで縮かまっていた皮膚を中央に引っ張ってきて窪んだ洞を塞ぐ、細い蓋をした形、大型チャックといった具合で、げじげじ虫の立体模様をつけた口金でもある。抉ったあとの爛れとか、廃液浸しの沼、ふやけた肉などと勝手に思っていたが、現実はこういうことである。それでも、脇の下に山を作ったのはほんとうだからおかしい。郷に入れば郷に従うで病院を棲み家にしてみれば、ポータブルトイレが醸し出す空気の中で食事もでき、以前だったら決して見ないだろう傷口も、眺められる心のありようである。

そういえば、抉るといえば……。遠い昔を思い出していく。当時国民学校の六年だったわたしは、疎開先の茨城でカマイタチにやられたという傷跡を見た。すぱっと抉り取られたのだという内股を突然見せられた。火傷の跡みたいに光っていた。こぶし大の丸い円、鈍く、てかてか光って火の玉みたいにそれは揺らいだ。太腿に噴火口がある。だから、おらぁ、嫁っこになれねぇ。村で始めてでもあり最後の友だちになった女の子はそう呟いた。風のいたずらで、血もでない。骨まで見える傷は一瞬の出来事だったという。その土地特有の風が吹くのだろうか。自然界の不思議に顔をそむけ、その残酷さにわたしは脅えた。そして、慟哭した。これはおらのものだね、おめえのものでないだに、おらのためにそんなに泣いてくれるなよ。脅かして悪かっただな……女の子に押された刻印というか、その得体の知れないものを見てしまった前夜も、この世でありえないものを見ている。

空襲で東京の空が赤くなり、自分の家が燃えていると実感したのだ。坂の上からちんちん電車の降りてくるのをいつも見ていたあの二階の窓、そして、とんとん音立てて上り下りした階段が焼け落ちるのを……ちんちん電車までまるごと燃えているのを確かに感じ、村の衆たちと鎮守さまの前に集まり声もなく東京の空を眺めていた。空からは焼け焦げた布切れやら、紙切れが地獄からの使いのように舞いながら落ちてきた。村の長老は関東大震災のときも天変地異としか思えなかっただよ。まるで同じだわな。こんなふうに空が不気味に焼けてよう。その声を聞きながら、東京の大空襲の、その炎の只中にいる気さえして暗い中で震えているわたしを、友はしっかり抱きかかえてくれていた。翌日になって、人には絶対みせたくない悲しい秘密をそっと見せてくれたのは、自分にもこんな悲しみがあるよ、と言いたかったにちがいない。

ずっと後になって、辞書を引いてみた。そのときは、カマイタチはもしかして動物かもしれないと思って確めたのだろう。今もまた持参してきた小型辞書を手にしている。「*鎌鼬……鎌で切ったようにすっぱと裂かれる現象。つむじ風のために出来た真空によって起きる。*つむじ風……つむじ風のように渦を巻いて吹く風」。と、あった。通り魔の鋭いつむじ風の翼が、わたしをも襲った。内股ならぬ右乳房を抉っていった。昔、本当とは思えなかった話は真実だった。村の友よ、わたしもカマイタチに抉られたよ。わたしの場合、六十代の半ばになってからのカマイタチの出現で癌を持ち去ってくれた。まれにみる僥倖に出遭ったようなものだけれど。それにしても、村の友は、未来のある少女時代の出来事だった。戦争が負けるまでの束の間の友情だったが、わたしの中で鮮烈な映像として残されている。彼女は女としての生を生きたのだろうか。

回診の若い副担の外科医師は、ゆうべは大変だったんだってね、とのたまう。脇の下の隆起や鎖骨下から右肩にかけての脹れた部分に触れてみて、水が溜まったとしても注射針をさして抜き取るから大丈夫よ。だけどこれ、自分の肉や脂肪だよ、と、あっさり言ってのける。えっ、そんな、どうして、と思いながらも、わたしは気が抜け、萎んでいく。これが、肉だ脂肪だと言われちゃ嗤っちゃうしかない。廃液は水に昇格し、さらに、肉や脂肪にまで昇格してしまった。肉が盛り上がってきたと言うなら、それはわたしの中での急速な治癒能力が発揮されているしるしではないか。もっと早くにそれを知っていたら一人相撲を取ることもなく、こんな大恥をかかなくてもすんだのに。大口開けて自分を嗤い飛ばしたかった。それにしても、ゆうべからのあの時間は一体何だったのか。躰が要求する邪な欲望に翻弄されただけなのか。逆らいようもなかった乳房喪失という定めに、ほんのいっときでも大反逆してみたかった肉体の嘆きとやらに同調したのだろうか。まっ、いいさ、とくと付き合ってやったのだから。わたしの中で、小人のわたしが登った山は姿を消す。その替りのように、大洪水だったんだってねえ、と言った医師の言葉を受けて、陥没したところ、いわば火口は、満々と水をたたえた湖となる。豊かな水の宝庫と化す。乳房更正を願って悪あがきした右脇の隆起は、今は羞じてこぶと化した。山とか岩壁に見立てていたが、こぶはこぶだ。あっさり医師の言葉を受け入れたが、たったひと晩での、肉や脂肪の発現の仕方はあまりにも化け物じみていないか。それに痛みまでともなうとは。

夕方になった。由紀と洋がやって来た。毎日来ることはない、といくら言っても、決まった時間にきて面会終了時間までをわたしの傍で過ごす二人なのである。時間の流れは急に密度の濃いものとなる。今日は用足しがあるからと言って由紀は洋だけを残していく。由紀の戻るまでは洋とばあばだけの時間だ。洋は早速と言うように、ばあば見せて、と言う。えっ、何を？　おっぱいとっちゃたでしょ、だからそこ。ああ、とちゃった跡のこと。ばあばも頑張ってさ、今日始めて見たんだけど。へぇ、見たいのかねぇ、無理しなくてもいいよ。ムリでないよ。見たいんだから見たいんだ。そうなの、でも、あんまり見せたいってとこでもないし。だって、ママは取ったのを見てるし、大丈夫だよ、みせなさい。譲らない洋である。ハイ、ハイ。ガーゼを止めてある紙テープをそっと外す。炎上した城跡であるそれは、まだ、右腕で直角に守られている。ワァーすごい。こういうことだったんだ、しいんとしてしまった洋は息を呑んでいる。ややあって、やっぱりミルクいっぱい出たのかな、とぽつんと言う。

そうだね、ばあばは手術のとき眠っていたからわかんなかったけど、ピューって先生の顔にかかったりしてネ。洋は面白がっているのではなく真剣そのものなのである。手術するのだと言ってきかせたとき、じゃ、ミルクいっぱい出るね。と言っていたのだ。

そういえば、手術室から出てくるのを待ち構えていた洋は、わたしの乗せられたストレッチャーに突進する勢いで近づき、しがみついたという。帰りの車の中で洋は号泣して止まず、しゃくり上げながら、ばあばが可哀相と繰り返していたという。おっぱいを取ってしまった跡を見たがるのは、洋は洋なりにばあばの可哀相な根源を見ておきたかったのだろう。由紀は、それこそ火事場の馬鹿力で、摘出したものをとくと見てしまったものの、除去した跡は、今後も絶対見ないだろう。由紀が摘出したものを、洋がその跡地を見た、ということは、何とも気丈な母子ということになる。わたしは、この二人に支えられている。

ほら、瘤みたいのあったでしょ、それと縫った跡とか。それって、ほら、巨木に似ているよね。えっ、巨木？　この胸のことかい。そうだよ、ばあばは巨木になちゃったみたいだよ。だってそうでしょ。巨木って古い昔から生きてきて、今も生きているじゃない。だからばあばと同じだよ。そうか、巨木って大体異形だもんな。わが胸は偉大なる異形を示しているわけか。千年も千五百年もの間、風雪に耐え、あらゆることを見て、聞いて、受容してきた巨木の姿は、大きな瘤あり、洞あり、捻れ、歪みありである。それでも厳然と生を誇示して天を指し、地には太い根を這わせ、大地をしっかり掴まえて立つ。どうにも面映いことだが、洋が巨木と同じと言ったのはばあばは手術を頑張ったね。という褒美のつもりなのかも知れない。

洋に巨木みたいと言われたくすぐったさはあるが、洋がよちよち歩きの頃から、由紀の車で方々の巨木巡りをしていて、洋はいろいろな巨木に出逢っている。子供ながらに総合した巨木観をもっているからなのだろう。車の中で眠ってしまっていても、巨木のある近くまでいくと不思議にぱっと起きる洋だった。観光地ならぬ人とも出逢わないようなひなびたというか地味すぎる旅である。それに探しあぐねることも多い。ママやばあばの趣味につき合わされているにも関らず、洋は巨木の周りを駆けずり廻ったり、巨木の肌に触ったりして充分に愉しんでくれた。わたしが巨木に出逢えた感謝の思い出にスケッチしたり落ち葉を拾ったりしていると、自分もせっせとお絵かきの時間になってしまったり、落ち葉のみでなく、記念の石だよ、と大切そうに持ってきたりしたものだ。今度、いつ、巨木見にいくの、どこに行こうかと誘いかけてくるぐらいなのだ。

巨木から発する気、霊気というか精気に満たされた巨木巡りでの折々を、洋の言葉から想い出し、わたしは病室にいながら、これまでに逢った巨木たちと対峙しているような思いに浸されていく。眼を瞑れば巨木たちがまるで見舞いにでも来たように、のっしのっしと一本一本と通り過ぎていく。まっ、なんということを。何百年も何千年も生きてきた巨木に逢ったとき、言葉なく立ち竦み、畏れで粛然としてしまうことがあるというのに。神の領域に入ってしまっているのもあって……自ずと頭が下がる。こんな傍に、近くにいられる……いていいのかしら……といった思いに涙が頬を伝う……そういう対面になってしまうものなのに、病人とはいえあまりに気軽に対していませんか。見舞いにとか、のっしのっしとか、調子にのってる、どうかしている。ちょっと刺激されればこうした妄想に浸れる奴、実にめでたくおっちょこちょい過ぎるというか、話にならんと自分に向けて揶揄する。しかし、恥をかいたにせよ、いながらにして巨木に逢うきっかけを作ってくれた孫には感謝のほかないとしみじみ思う。孫を掻き抱きたいが、自由の利くほうの手で、洋の手をしっかり握るにとどめた。

この胸は何という恵みを受けることになったのだろう。巨木には豊かな水が必要だ。巨木のあるところ、必ず清らかな流れがある。そうか、爆裂火口変じての入り江なのだ。あの副担当もなかなかの予言者だ、大洪水と言ったのだから。お蔭で入り江を従えてのお気に入りの巨木の立つ風景が見え始めた。空も青く耀いて……。何と言う壮大な眺めであることか。わたしは大らかに笑う。洋が傍にいての賑やかな空気に紛れ、久し振りにわたしは笑い声を上げていた。

用足しから戻った由紀を交えてのひとときも、この世にあらばこそのこの時間なのだ、と、わたしは感じ入っていた。あ、そうそう、これ見てよ。洋がばあばを描いた絵だよ。と、帰り際に、忘れるところだった、と手提げから由紀が取り出したのは、ベッドで寝ているばあばで、空に浮いてるみたいに背景は空色。その胸から噴出している大量のミルクは、消防自動車のホースほどの太さになって画面の外にはみ出し流れている。何を一生懸命描いてるのかと思ったら、ばあばのミルクどこ行っちゃうのかな、って洋には不思議なことなのね、と由紀が言う。まぁ、驚いた、ほんとにすごいミルクだね。そう言いながら、わたしも、手術室でメスを入れられたとき、血が噴出したのではなく、真っ白なミルクが噴出した気がしてくる。それも見事に豊かな量の生命の迸り。洋の描いたミルクの白さは耀いて眼に眩しい。ばあばの手術に拘った洋の記録画である。

洋はいつものことながら、そこにいるだけで、わたしに励ましと慰めを与えて帰って行った。別れを惜しんで、何回も振り返り、由紀に手を引っぱられていた。

注射針で水をとってもいいけど、そんなことしなくたって躰が吸収してくれるよ。副担任はそんなことも言ったのだったと思い出す。へぇ、吸収ねぇ、躰のもつ不思議に打たれる、肉だ脂肪だと言われた妙ちきりんだった思いは忘れている。わたしの中では、ひとつ思い出せばもうひとつのことをすとんと忘れる仕組みになっている。この胸は湖とか入り江になり、その豊かさに、潤いに、和んだ気持にさせられたわたしは、ゆうべとは違う夜を迎えた。右腕から胸にかけての異様な痺れが、痛みや疼きに加わって相変わらず忍び寄って来て、躰の半分ぐらいはそれに覆われる。それもまた胸の風景に添えてくれる幻想というか、色彩でいえば、ぼかしの役目といえよう。霧深い中に漬かりながら、わたしは彷徨っていく。

押しひしがれている。上半身が異常に重い。右胸には鉄平石が隙間なく敷かれた。執拗な密度で何枚も何枚も重ねられ貼りつけられている。わたしは押し潰されそうになって目覚めた。この重さに慣れていこう。これからは、これが常態になっていくのだ。首の付け根に人差指をそっと立て、斜めに脇腹に向けて撫でおろす。あ、この仕草、癌を見つけたときと同じだ。あのときは胸の中央寄りだったけど、今は亡き乳房跡の、すでに岩盤になっているその上を、がたがたと指は踊りながら下降す。といっても縫合した傷口にはガーゼが当てられているのだが。それにしても、あまりにも冷たく固い。現存している左のそれのような温もりや柔らかさを求める方がおかしいのだ、と、再び指を立てて撫でおろす。日なたで甲羅干ししていたかのような温もりを指先に伝えてきて指は踊りながらまどろむ。こうあれかしという思いをもって接すれば躰は応えてくれるものなのかも知れない。現に冷たかった胸が、すぐにこうして温まってみせてくれた。

指はいつの間にか、わたし自身の姿に変身している。岩の上を軽やかにぴょんぴょんと渡っている。山に行ったときの思い出を引き寄せながら楽しそうだ。滝のしぶきを浴びながら歩いたことなど、まるでわたしの山旅の総集編のように、絶景に感動し、酔い痴れ、この手と足で触れた岩肌や岩石たち。巨石の上に立ったときの思い出は、そのときの空気、風まで再現してくれる。走馬灯を眺めている側ではない。その内側に入り込んで次から次へと回想の核心に潜り込んでいく。北岳の頂き近く、雷鳥の雛と遊んだこともあった。三点確保で慎重な登りをしているとき、岩陰からよちよち顔を出したと思うと、わたしの眼前に接近してきた。生れたばかりの羽毛が風になびいて、頬に触れ、雛の心臓の鼓動まで……。この世の至福にあずかっている。空は果てしなく蒼い。気がつくともう一羽もよちよちと……岩にしがみつくわたしを仲間と勘違いしてるのか。嘘っぽいと思われそうで、いや、口にしたら消えていきそうな気がして、北岳での雷鳥のことはいまだ誰にも話していない。わたしの指先は登山姿の小人に変身して、わたしの胸の岩壁に取りつきながら、時空を越えて彷徨う。

ある一日のこと。洋を連れないで現われた由紀は、夕方また洋と来るけど。と言う。何もわざわざ二度もくることないのに。洋を交えての時間に慣れきっていて、二人だけというは妙に面映い。病院という空間だからか。

六人部屋だが、カーテンで仕切られ個室の様相を保っている。そのベッドを囲んだ白いカーテンが、さっと開かれた。執刀を担当した医師が息を切らして立っていた。村井さん白ですよ、白。と言うなり、わたしの肩に手を置き、よかったですね、よかった。と言う。ほんとですか？　先生ほんとなんですね。由紀の上ずった声。そう、いま、病理の結果が送られてきたところで、リンパ腺の方も大丈夫でした。由紀はありがとうございます、ありがとうございます。を繰り返し頭を下げている。それに釣られてきょとんとしていたわたしも、由紀に習って何度も何度も頭を下げていた。よかった、よかった、じゃあ。と、にっこりした笑みを残し、手を振ってから、医師は背を見せ、ゆっくり歩いて戻っていった。カーテンを鷲掴みにして見送っていた由紀は、堪え切れずに顔を覆って泣きじゃくった。よかった、ほんとによかったよう……。そればかり言って泣いていた。わたしも貰い泣きしながら、そうだったのか、そうだったのか……と心に呟いていた。

すでに癌らしきものが転移していて、散らばっているそのいくつかを執りはしたものの……覚悟もさせられていた由紀だったのだ、とは、露ほども知らなかったわけで、自分の能天気さに呆れた。この娘がこの瞬間までどんな思いでいたのかと思うと、溢れてくるもので胸がいっぱいになり、言葉がでない。医師がわたしに手を置いてくれたように、由紀の肩にわたしはそっと手を置くだけだった。

翌日からは、その担当医師が回診に来た。きっぱりした物言いはするが寡黙な先生。やわらかな微笑に、瞳が澄んでいる。岐路に立ったわたしの命は、この医師の手によって救われた。由紀はどういう伝手で調べたのか、手術が決まるとただちに執刀医の履歴を掌握したらしい。術例が多く、名医といわれる医師にわたしは偶然にも巡りあっていたのだ。わたしに命をくれた医師……。慈悲ともいえる医師の眼と繊細な指に守られたこの命。その命に向けて、いい生きかたをしなくちゃ……ね。と言ってきかすと、わたしの胸は早鐘を打つ。新たな命へのよろこびの直截な反応だ。淡々としていると言えば恰好よいが、ただ軽率なだけのわたしに反して由紀は慎重だ。その由紀の手回しのよさに乗って、わたしは気楽に命の岐路というべき地点をやり過ごせたと気がつく。

わたしの右胸は、肋骨がむき出しとなり、そこを引っ張られた薄皮で包み隠して、男の胸板となった。この岩板のような胸は常に疼痛をともなう。そのことこそ、生きている証。胸が痛いという表現があるが女の場合みぞおちがきゅんとするのだが、男にとっては、胸板全部が、鉄平石の重なりの重みすべてが痛むことをいうのだろう。いつの間にか、わたしは男の痛みやら重さを共有しているというしたり顔だ。二十代から寡婦の身だが、今や、男という伴侶を躰の中に嵌め込んだ。失ったからこそ味わえるきしみや重い響きを享受している。

すっかり忘れていたが、若いころというより幼い頃から、ずっと持ち続けていた思い、なんで女に生まれてしまったのだろう、男に生まれたかった。それは昔の女なら誰にもあるものなのかも知れないが、男に生まれたかったという切なる願望、羨望、諦めながらも、精神的には男として生きようと決意したことなど、今から思えば噴飯ものだが、強力にそう思いくらしたことがあったわたしだから、女でありながら女を軽視した罰として、女の象徴である乳房を片方捥ぎ取られた。そして、それほどまでに男になりたかったのならと、晩年にせめて男の気分を味わせようとしてのちょっぴりながらのお情けを授けてくれた。それがこの片胸にすぎなくても、男の胸板を取り付けてくれた？　何だかわかったようなわからないようなご宣託。面白がって頂戴するしかない。つまりわたしの行き着くところがこういう所だったというわけである。

抜糸した翌日、シャワーを使ってよいと浴室に案内される。生れて始めて聖水でもいただくかのような緊張にどきどきする。テープで貼られたガーゼをはずした上半身が鏡に写っていた。慌てて眼を外らし、横向きになるが、誰かに見られている気がして鏡を見ると、大きな窪んだ目があって、しかも、瞼の重い片方だけの目。わたしに向ってウインクしているのだ。愛嬌のあるウインクというべきか。これまでの人生で片目を瞑って見られたこともなし、したこともないわたしは、わが胸のその仕草に度肝が抜けそうだった。一生の間にたったの一度、わたしのために大らかなウインク、薄目を開けてのやさしい仕草をしてくれている者がいる。満更でもない気持にさせられた。アンバランスもなかなか魅力的だよ、といわれたような……。

わたしには無邪気な兄がいた。腸の癌で五十そこそこで死んだ。その兄と幼いとき、片目を瞑って遊んだことがあるのを想い出した。右目、左目と片方ずつ一、二、三と言いながら、互いに交互に瞑って見せるのだが、それが思ったようにはなかなか出来ないで、顔を顰め、鼻に皺を寄せての大奮闘なのだ。兄を見ている限りそうなのである。口を歪め、ひょっとこ口だったり、開けたり閉めたり、舌もぎこちなく動員させ、顔の筋肉を使い果たし四苦八苦で漸く片目を瞑ることが、開くことが出来る。苦渋に満ちた顔を作る遊びが終ったあとでは、大きくぎゅっと両眼を開き、相手を睨んで、溜息をして、笑い転げる。兄のその顔はわたしの顔でもある。兄はわたしの鏡なのだから。

その兄が骸骨のように痩せ衰えてベッドに寝たきりになってしまった。切なく辛く、それでも毎日見舞いに行っての病院からの帰り道、わたしは吐血して入院という憂き目に遭い、兄の最後を看取っていない。わたしに焼きついているのは、落ち窪んだ目、微かにしか開かれない兄の目だ。それでもわたしの顔を見ると懸命に笑おうとしてくれた。その目、その落ち窪んだ彫りの深い目がそっくりにわたしの右胸に焼き付けられたのだ。メスを入れた線が切れ長の兄の目そっくりだし、中ほど辺りに、引き攣れがあり、それは薄目を開けているふうに見える。鳩尾あたりから脇の下にかけての一直線は、縫ったあとが残っていて、ちょうど兄の長い睫に相当する。期せずしてこの胸は兄の臨終近くの目を模したものだったのだ。

術後、二ヶ月たった頃、気がつくと、右脇下のこぶは無くなっていた。脂肪でも肉の塊りでもなかったという証明ができた。躰中の惜しみない働きによって、廃液はいかなる形でか、時間をかけて吸収されたか、排泄されたのかしたらしい。

術後数年は経っていたろうか、いつもの診察のとき、触診しながら医師は思わずきれいだ、と洩らした。一瞬わたしはどぎまぎし面食らった。何しろ、胸をはだけていたのだから。医師はただ自分が執刀した傷口の跡を見て言ったのだということに、すぐわたしは気がついた。そして、もひとつわたしは得々として気がつくのだった。兄が……妹が世話になったお礼として医師にウインクを送ったに違いない……と。兄として出来ることは、これだと……幼いときの訓練が効を奏した。あの世に逝ってからも、兄はわたしの心の中で息づいてきたが、今はそれ以上だ。医師に兄の目が魅力的だと言われたようで嬉しかった。

ときどきわたしは右の胸をひっそりとあらぬ方をみながらそっと撫ぜてやるのである。ひときわ落ち込んだ切れ長の眼尻にそっと人差指を立て引いていく。微かに触れる長い睫毛を順に指で撫でていくと、中央にひそかに開いた部分、眼と命名した窪みがある。そこもゆっくりと迂回しながらことのほかやさしく撫でている。

# 公園の足音

公園の片隅に椿の木が植わっている。篠がこっそり植えたものだ。咲子と伊豆大島に行った帰りの桟橋で、観光の土産に配られていた小さな苗木。篠はアパート暮らしで土のない暮らしだ。咲子が二本並べて庭に植えることになったが、帰ってから気がつくと、包みは二つとも篠のザックに入っていた。

それで、すいませんが……と手を合わせ、この公園の目立たない所に植えさせてもらった。咲子には電話で伝え置いた。花が咲いたら、こっちへ見においで、と……。しかし咲子は、その後間もなく交通事故でこの世から、消えてしまった。

これは咲子の木、これは私の、と言いながら、篠は丹念に水やりをしてきたが、咲子の死と時を同じくして一本は枯れて消えてしまった。

枯れた木は篠の方だった。もう一本はしっかり根付き、いつの間にか立派な木になったのに、まるで花が咲く気配もない。咲子が死んでしまったことを嘆いて、花を咲かせることを忘れている木。篠は、年毎に諦めを深くしてきた。

今日、しばらくぶりに公園に来て見たら、足を踏み入れないうちに、ぱっと真紅の色が目に飛び込んできた。よくよく見れば咲子の椿の木が八重の大輪の真紅の花を咲かせている。

一つ二つと数えて、七つも。それに、明日か明後日には咲きそうな、まあるいのに頭をつんと尖らせた大きな蕾が、木いっぱいに、こぼれるばかりについているのだ。篠は、それらをそっと掌にくるみこんだりしながら、いつまでも木の傍に立っていた。

丁度咲子の背丈になったときに、咲いたのだ。咲子そっくりの花だ。

椿の花が大きくひと揺れしたと思うと、咲子の低い笑い声がした。

生きていたときより、よっぽど明るい声。真紅の花の奥からの声は美しい。


孫が幼かった頃、この公園へ来ると、真っ先にブランコの所に駆け出して行き、ゆうらゆうらと揺らし、篠がブランコに近づくと、少しばかりのゆらゆらにさせ、にこにこ顔で待っていた。そして、次を目指す。滑り台だ。鉄の梯子を登り、てっぺんに到着すると、ハアハアいいながら得意そうに、篠を見下ろして、小さな手を振っての合図だ。篠は滑り台の下で滑り台を跨いで、トンネルを作るようにして大きく脚を開いて待ち受ける。孫は、いっ気に滑り下りてくる。

うわーいッ。

そうらッ。

その間合いのよさといったらない呼吸で、孫を抱き取る。孫は篠の腕の中にすとんと納まる。篠はそのまま高い高いをしてやり、孫を空に飛ばしてしまいそうなほど勢いをつけ、放り投げる真似を繰り返す。そのあと、孫を追いかけ、小さな梯子段を篠も登る。待っている孫を膝に乗せ、二人でひとつになって滑り降りる。

あの体力はもう篠にはない。本当に自分にそんなことが出来た日があったのだろうか。その孫が傍にいなかろうと、篠は折に触れて、この公園にやってくる。

今回は何がどうなってしまったのか、滑り台の上に立っていた。杖をついてしか歩けない足でである。おや、耄碌する時期がやってきたかと、それにしても、あまりに高い所にいるではないか。白髪を曝した婆ちゃんがやぼなことをしてしまった。左足は膝を守るために堅いもので補助されているので見るからに、ぎごちない風体なのだ。

寂れたこのちっぽけな公園に、めったに人はこないからいいようなものの、居心地がいいからといって、いつまでも、この高い所にいるわけにはいかない。丈の高い雑草があちこちから篠を見ている。篠は雑草に手を振る。

滑り台の上まで上ってしまったのはまだしも、まさか滑り台を滑って下りることまではしまい、と自分の足元を見て確認する。それくらいの節度は持っているだろう。自分にブレーキをかけておきながら、篠は急に不安になる。どんな妄想にでも引っかかってしまいそうな危うげな気配を、自分に感じたのだろうか。そおらッ、と、滑り台の下で受け止めてくれる人でもいる気になって、うわーいッ、と滑っていかないとも限らない。

ひとしきりそんなことを思ったあと、篠は細心の注意を払い梯子を下り始めた。孫と登った頃はペンキ塗り立てで新しかったのに、今ではペンキの色も剥げ落ちている。鉄が剥き出しになり、錆びが出て、鱗が立っているようにざらざらしている。その梯子の手摺りを篠はしっかり掴んで下り、もう、一歩で地面に足が届くところで、足を下ろさず、よっこらっしょ、とまた登り始めた。

まるで岩壁をよじ登っていくかのような必死さで。漸くてっぺんまで登り切ったと思うと、まだ続く岩壁に挑戦するかのように、空を睨みながら、慎重にざらざらした岩を伝って一、二段降りる。まだ続く岩に取りつき、しがみつき、登る。後一段というところまで、降りて来ても、篠の足は、また登りになる。岩壁に貼りついて、横這いでもしているつもりなのか、何度でもアップダウンをくりかえしている。二、三段降りては登り。そして降り。息を弾ませ、喘ぎながら、登ったり降りたりを繰り返している。篠にとって人里は余程遠い所にあるらしい。達成感を感じたいためなのか。苦行は続く。掌に血が滲み、それでも岩壁に性懲りもなく取りつく。篠の頬は高潮し赤くなり、汗が後から後から流れて、時々は山風に吹かれているような顔をして、てっぺんで休みを取り、新たな力を得て一歩一歩と足を進める。夕風が篠の体を、いっ時包み込んでは去って行く。さわやかな山の空気に篠は感謝して、飽くことない挑戦に賭けている。動けない危険な個所もあるらしい。休むことが多くなったが、腰を下ろす場はない。ざらざらした岩をしっかり掴まえて離さない。小太りのちっこい篠の姿は暗い中でも岩壁にとりついたままだ。休みなく山風も吹いてきて、篠を容赦なく嬲っていく。

誰がこぼしていったのか、篠の前に水のこぼれた跡がある。砂地だから、地面は白っぽい公園なのだ。黒で描いた絵になっている。その染みはずっと前にも描かれたのを篠はよく知っている。

祖父の、喧しぶりは相当なもので、家中の者は、このご隠居さんの顔色を見て暮していた。気の休まる時はなかった。綺麗好きだから、どこもかもぴかぴかしていた。小僧や女中は手から雑巾を離せなかった。そこで育ったのだから、篠の緊張ぶりも身についていたはずだが、子供のことだから、抜けるときもあったのだろう。

連れて来たことのない友だちを招いていた。遊んだことのない友だちと遊べるのが嬉しく有頂天になっていた。篠は人見知りが強いので、国民学校に入ってからも友だちがいなかった。

ちっこいのに目玉の大きいまっ黒い犬、毛足が短いので体型そのままが剥き出しに見え、震えている。犬や猫は毛があるものと思っていたから、篠は初めての毛足の短すぎるその犬にびっくりした。その犬を抱いて現れた友だちを大歓迎し、犬に夢中になった。これまで味わったことのないことだ。家の中で、小犬と遊ぶという珍しさに、祖父の存在を忘れていた。その小犬から生暖かなものが、湯気を立てながら流れるのも不思議で、可笑しくて笑い転げていた。

突然、頭の上から、天井が落ちたかと、小犬も、友だちも、篠もひっくり返っていた。割れ鐘のようながんがん声に、腰を抜かした。が、友だちは小犬を掻き抱き、篠とひと塊りになって一目散で裸足のまま外に飛び出していた。

その友だちはそれきりになった。頑固爺に恐れをなし、ついに、誰も篠に寄りつかなくなった。篠は孤立したろうか。忘れた。

篠は逃げ切れないが逃げて、それでも見つかって、家に連れて帰られ、畳に頭を擦りつけて謝罪させられた。顔の前にこの公園の砂地と同じ黒い染みがあって、大きな鬼の手がずっと頭を押さえつけていて、篠は自分が犬になっていくのかと……。

黒い染みの地図に向けて、臭いを嗅げと鼻を押し当てられて……そのうち、すうっと篠は気が遠くなり……。

その黒い染みが、ここに再現されて、老いた篠を、またも、折檻しに来たのかと。あの家もあの場所も戦災で消えてしまったのに、消えない記憶が、しっかり砂に描かれて……。

気がつくと、篠はその前に、べたっと坐っている。砂に顔をつけて臭いを嗅いでいる。あのときの小犬が傍にいる。友だちも脇に坐っている。

小犬は、あのときとそっくり同じに、猫みたいに赤い紐、真綿で作ったのだろうその柔かい首輪に鈴をつけて、ちりりんと鳴らしながら、飛び跳ねている。篠はまったく犬になり、白髪で毛足の短い犬になり、陽気にわんわん吠えている。

友だちは、篠を見て「私はそこまでは出来ない」と言っている。続けて「私は、だって、まだ国民学校の生徒なんだもの。お婆ちゃんになったとき一緒に遊ぶね」バイバイと手を振って行ってしまった。

篠と小犬の二匹はきょとんと顔を見合わせる。ご主人いないと淋しいか……。

前から来た乳母車の中の赤ちゃんが何か落としたのを、乳母車を押していた女の人は知らずに通り過ぎようとした。それを赤ちゃんに戻してやった。そのしゃがんで拾う所作が気持に引っかかったまま、篠は公園まで来ていた。そっくり同じことが昔にあった気がしてならない。赤ちゃんの落としたものは、指人形だった。ギニヨールというのか。拾ったときの、その人形の首の重さと塊りに覚えがある。赤ちゃんの落した指人形の首には布がついていたが、篠の昔の手に残っていたのは布はない。首だけだった。

疎開したまま居ついた村で、篠は弟を背負っていた。泣き止まぬ赤子を黙らせるため、お宮さんの周りをぐるぐる廻っていた。寒い冬で、篠はあかぎれだらけの手にふうふう息を吹きかけて暖めていた。小さなお宮さんは雨ざらしの高い廊下がぐるっと廻っていて、篠が腰をかがめたらくぐれるぐらいの高さだった。赤子が泣き止んだら、あそこにもぐってみよう。風当たりが違うだろう、と覗くと、ちらりと白い丸いものが見えた。赤子の泣いているのにもかかわらず、篠はそこにもぐって、それを拾った。

さっきの、赤ちゃんが落としたあれだ、大きさも、塊りの重さも、同じだったんだ。篠は、背中に今、赤子はいないのに、空っぽの背中を揺すって、子守りにもなって公園の中を歩いている。

子供の篠が拾ったものは、雛節句のときに飾る、赤い毛氈の一番下の段にいる翁の首だった。首だけだった。胴体から引き抜かれた白い胡粉の顔が汚れて泣いていた。爺っじでも泣くのか？　婆っぱがいないから？

背中の赤子と、この首だけの翁、そして篠の三人は、声を上げて泣いていた。お宮さんをぐるぐる廻りながら、三人とも泣き止むことが出来なかった。

疎開してきて、まだ、村の人にも、言葉にも馴れないうちのことだった。疎開の荷物が届いた時、村の衆が寄ってたかって手伝ってくれた。その荷の中に雛節句一式も出て来た。おやらい、あんれまぁ。こりゃ、贅沢なもんだ、隠して置かないと、拙い、と、それぞれの口が言っていた。巡査が来ないうちにな。その頃、贅沢は敵だった。華美なものは許されなかった。供出しなかったのを詰られてもいた。

村の衆と母との間にどういう話のやり取りがあったのか、篠の手元にお雛さまは無くなっていた。村の衆のそれぞれがそれぞれ雛さまを一体ずつ持っていったのだ。その時はまだ一人っ子だった篠。

戦争が負けて、篠の家に動物臭い兵隊服を着た人が来て、いつまでも帰っていかず、篠たちと一緒にいるのが、不可解だったが、それが父親と分かるのに時間がかかった。赤子が生れた。それが篠の弟だった。この背中の赤子である。

篠は泣いている翁の顔に唾をつけて拭っていた。村へ疎開して来たとき、翁は、薄い真綿に顔をくるまれていたはずだ。翁(おきな)の顔は胡粉が白く見える部分と、唾で一層汚くなって、泥みたいな所と、そして赤い色まで混じっている。篠のあかぎれには、血が出ていたから、そのせいで翁の顔はだんだら模様の顔になってしまった。篠の唾と翁の流した涙もごちゃ混ぜの色だ。きれいにするつもりが余計汚くなった。あんなに尊い顔をしていたのに……。

何を思ったか、篠は泣いている赤子を背中から下ろしていた。涙でぐしゃぐしゃの赤子の顔になおも唾をつけ、こすっていた。篠のあかぎれからはまだ血が流れている。その手で、涙でいっぱいの篠自身の顔も掻き回していた。

泣きじゃくりながら、篠はまた赤子を背負い、翁の顔をしっかり握り、お宮さんの周りを回り始めた。

あの翁の首のことは、誰にも話さないし、秘密のことだった。思い出した途端、つらい秘密がひとつ消えていったと思った。そのとき、篠の中の何かがしゅーと音立てた。これからも、秘密を思い出す度に、しゅーしゅーと何かが洩れていくのだろうか。

毎日散歩に出るわけではないけれど、篠は外にでれば、この忘れられ寂れた公園に足が向く。よたよたと漸く辿りついたかと、公園の入口の所のU型を反対にして立てたパイプに縋るようにしてしばらく呼吸を整えていた。

そこへ年賀葉書き一枚を手にした小柄の老人が追いついて、ポストのある所知ってますか？　と言う。

篠はポストにはあまり縁が無いなと思いながら、それでもこの辺にねぇ、と歩いて来た道中を思い出してみるが、見当がつかない。

老人が歩き出すから、篠もついて行く。「この人はわしと同年の人でね」と、その葉書きの宛名の所を指さして言う。その自慢そうな葉書きを振りかざし、篠に話しかけてくるが、篠はそれより、ポスト、ポストと思って、老人よりも早く先に歩こうと必死になる。多分、公園に来る途中にあったかも知れないと、あっちにね、と指さしながら。

老人二人、よたよたよちよち追いついたり抜かれたり。爺ちゃんは続けて喋っている。
「私に毎年年賀状をくれるんですよ。救急車で運ばれたのは、夏の頃でね。寝たきりの生活になって、それなのに連れ合いは惚けて死んじゃうし、私にも惚け婆さんいますが、ホームでまだ生きてます」

確か、このあたりにポストがあったはずだけど、と篠は首を傾げる。これ以上はもう歩けないが、老人は構わず歩いていく。篠の目に、丸く平たい帽子を被ったような昔の赤いポストが見えてくる。

〜米屋の角のポストさん独りぽっちで立っている、淋しくなぁいのポストさん〜と、そのポストが歌っている。〜雨の降る日も風の日も〜篠は幼い時に唄った歌をポストと一緒に歌っているつもりになって、ひと息つくと、ありましたよ、ほれ、あそこに。と追いついて、篠が指をさすと、その指の先に長方形の、立方体の、大きいのやら、小さいのやらが赤くなって一本足で立っている。昔のポストまで、どすんと混じって、赤い赤いポストの群が街路樹のように行列して立ち並んでいる。よかったよかった。篠は責任を果たして、ほっとしている。

「この人は律儀な男です。寝たままから車椅子になりましたが、でも、まともに話したり、字を書けるようにはなれないと思っていたのに、年賀状が届いたんですよ。読めない字にわしは泣きました。貰いっぱなしを、頑固に通していた私ですが私も書きました。出したことのない年賀状を書いたんです。私は下手でもよいと、出しに行くとこです」

握っているその一枚の賀状を老人は篠に見せてくれた。葉書いっぱいに大きな字が書かれていた。二人は、いそいそとポストへ向って歩いた。老人があちら側の商店を指さして、あそこが私の家です。と言った。嬉しそうな声は続く、その隣がこの人の家ですよ。

老人が手に持った年賀葉書は、もう一方の掌でパンパンと叩かれている。

篠は、リュウマチと言われたことがあるという隣の老女の話を聞いた。このひと冬が勝負。冷やさないことです。その言葉を、滑り台の上で思い出していた。今日は北風が吹いている。寒い。こんなときは家にいるに限るのに、コートを二枚も重ねたりの重装備で、篠は北風とじかに触れようとしたのだ。この上なく空は青い。

いつの間にか現れて、いつの間にか消えてしまった青年に助けられて、リュウマチが治ってしまったのだという隣の老女の話は、信じ難いのに、この世の中で一番信じられる話だった。

篠は、嬉しくなって、はしゃいでしまって、その青年の幻にでも逢ってみたいと、思っているのかも知れない。自分もリュウマチになりたい、とでも……。

ピュウーと耳の傍で歌ってみせる北風が、もう家に帰れよ。いい加減にしな、と言っているのに頷きながら、篠はその青年に、もしかしたら逢うことが出来るかも、と思っているふしがある。少しでも高いここに来れば、ここは丸い丘の上なのだから。一番高い所なのだ。

打ち捨てられている公園でも聖なる場所なのだ。

リュウマチだというのに、この家は寒過ぎる。洒落た尖り屋根の家でね、柱というものがないそうで。子供たちがいたときはよかったけど。キッチンが吹き抜け。暖房は効かず、尖りの先へ逃げていく。何十年も経ってるから隙間風もねぇ。子供たちは寄り付かないし、とか。中間に天井つけたくても大工さん頼むわけにもいかない。釘ひとつ効かない難物の建物で、外に柱作って中に通す大工事で費用がかかり過ぎる。諦めてキッチンに立てば膝から下が痛み出す。それがリュウマチになった原因ですよ。そんなことを隣人の老女は話した。

この話がどう伝わったのですかねぇ……。

何とかやってみます。ある日、針金やらビニールの紐の束を抱え持ったひょろっとした青年がやってきた。頼んだ覚えもないし、知らない人なので老女は面喰ったという。

脚立ありますか。貸してください。キッチンへ、持ってきたものを入れて青年は閉じこもる。トイレも行かず、食べ物も取らず、一人棟梁、一人職人。助手もなし。釘も打てないのだから、静かなもの。じゃらしゃらしゅーとか波の音めいているキッチン。老女は覗かないでください、と言われてはいるし、はらはら落ち着かなくはあったけど、老女は何だかあったかいものに包まれて、そわそわも、わくわくもして痛い膝を撫でながら、炬燵に入っているだけの人だったという。居眠りしながら。

出来ました。青年がキッチンのドア開けた。

天国みたい。思わず出た老女の第一声。生まれ変ったキッチンがそこに在った。天井はステンドグラスかと……。色は白一色なのに、光が交錯して、さまざまにカットされた面白さと軽妙な美しさに、老女の目には大好きな色たちがきらめいているとしか思えなかったという。

よくよく見れば、ナイロンのひもの張り渡し、ビニ段ボールとかの白くて光る板。よくよく聞けば、キッチンを見下ろす二階の木枠の窓を力点に、数少ないそれを力点にして紐を張っていったという。まるで蜘蛛男。蜘蛛の巣状の図形を先ず空間に作って、その上に薄いビニ段ボールを天井板にして載せ、重ねホチキスで止めていく。まるで忍者の仕事、そして軽業師だ。創作過程が誰に理解出来なくても天井の低くなったキッチンが、現実にあった。

翌朝、キッチンは暖房してもいないのに、居間よりも温度が二度も高い。正直なのは足と膝。何の苦痛も訴えない。世界一の軽量天井。尖り屋根のその中に、もひとつの屋根が出来て、隙間風封じのビニールの蔽いで、周りも囲われて、暖かい繭のよう。春になったら、周りのビニール外すとよい。火事とかの対策も大丈夫。酸欠のこともね、換気扇うまく利用してください。それきりなのだという。青年の姿は消えていた。コンビニのアルバイトに来ていたらしいんですけど。老女は果報者の自分の頬を何度も抓ったという。生きてあらばこそ、こういうことにも出逢うんですねぇ。

篠は深く人間を信じた。見たこともない、その青年に、無性に逢いたくなる。こんな寒い日こそ出逢えるような気がして、北風にでも聴いてみようかと思っている篠なのだ。

何もかもが記憶から遠のいたり、消えてしまう中で、国民学校のその少女のことは、篠の中でますますはっきりしてくるばかりだ。

頭がよくて級長をしていて、涼しい目が利発にくるくるとよく動いた。真っ黒でたっぷりな髪を、お河童に切り揃えていた。少女は著名な芸術家のお嬢さんで、お屋敷町から女中さんが送り迎えしていた。篠は坂下の金物屋の娘だった。

その少女を最後に見たのは、誰もいない校舎の中だった。友だちはみな集団疎開やら縁故疎開でいなくなっていた。しーんと静まり返っていて、学校は日向臭いのにしめっぽいような、挨臭くもあった。篠はなぜ一人ぽっちで、がらんとした学校にいるのか分からないし、怖くもあった。

そのとき、誰かが走って消えていった。人の影だけだったのか、と目を凝らしてみたら、その少女だった。いつものセーラー服で、もんぺを穿いていた。もんぺでもその少女のは何が違うのか、品よくますます可愛さが際立っていた。その影を追って篠は階段を昇った。昇ったとき、少女は階段を上り切った先に続く廊下を曲がる所だった。

いつもと違うものを体一杯に纏っているように見えた。

篠はなおも追う。少女は何に脅えているのか、背中を壁につけながら、両の手の平も壁にぴたっとつけて、そっと左右を見ては、急に、動き出そうとするが、思い止ったりもする。と思うと急いで走り出す。何かの隙を見て逃げているのだ。篠に気がついているわけではない。何かを見ている。大きな黒い瞳は近くを見ているのではなく、ずっと遠く、天空でも見ているかのよう……に。ただごとでないのが、篠にも分かる。

少女を追いかけて二階から三階、三階から四階と昇り、廊下を走ったが、篠は少女を見失った。終始、少女は背中を壁につけていたし、手の平は壁にしがみついていた。その場から離れるときは慎重だった。脅えが勝っていて、篠まで怖かった。いつの間にか、篠も背中を壁につけ、脅えて周囲を見回しては、少女の後を追いかけていた。その追いかけごっこがどういう終り方をしたのだったか、覚えていない。少女と二人だけの、寒々とした空間だけだった。がらんどうの学校の中で、少女の走る、止まる音。風を切る空気だけをよく覚えている。校舎にそれらが響いていて、木魂していた。

その思い出は鮮烈過ぎたのか、ときどき篠の体があの時のように動いてしまう。今日も来る途中にコンクリのブロック塀があるのだが、思わず背中を貼り付け、前後を見回し、急ぐことは出来ないから、よたよたと歩き出し、また背中をつけられそうな塀を見つけては、脅えて寒がっている背中を、貼り付けてやりやりしながら、公園に辿り着いたのだ。篠は昨日も今日も明日も、それを踏襲していくのだけは間違いないと、得心しているのだった。追いかけたくなるお河童の少女が、目にちらついてしまうのだ。もしかしたら少女が、篠を、篠が少女を、今もって追いかけているのかも……。

ずるずると篠の体がベンチからずり落ちていく。ずり落ちながら、足先から冷たい堅い石になっていく感じをも捉えている。

足先から脛、膝、と下半身が序々に冷たくなり固くなりしていくのを感じる。どっすんとベンチから落ちることはない。固くなって棒のようになり、その固い物体は斜めに立てかけられたようになっていくのだろうから。最後は、頭がベンチを枕にした形になって斜めのまま支えられるのだろう。

人の気配のない寂しさ漂う捨てられたような小さな公園、篠はいつの間にか、ここに足が向いてしまう。今日はやけに寒い。肩掛けなり、ひざ掛けを持ってくればよかった。あの雲が切れたら陽も射してくるだろう、と思わず長居していたら、こんな、成り行きになってしまったのだ。

そんな回想をしている間にも篠の体は、また変化していた。

まあるい石になってベンチの下に転がっていたのだ。石には違いないが、どうも半端な固さの石の気がする。まるで軽石だ。気泡があってすかすかしている。

葬式は出してくれるな。と常々考えていた篠だから、願っても叶うはずがないことが、実現した。ここで消えても別に困るまい。

手ごろな石になったと思っていたら、いつの間にか、枯葉になっているではないか。公園の縁に生えている雑草の群れに向って、没個性になった篠は篠ではなくなって、かさこそと転がっていく。かすかな風が地べたすれすれに舞うように吹く。枯葉は小さな風に身をまかせ、地面すれすれを浮き沈みしている。かと思うと、バレリーナみたいに一本足でくるくる舞っている。かと思うと一人の老女になって、こうしてベンチに坐っている。

今日は、篠はご機嫌だ。ベンチに三人並んで坐っている。真ん中にいるのが篠である。露地で遊んだ幼な友だちの冴子と葉子が一緒なのだ。

篠は二昔前、親友を二人失った。冴子の死が先だった。あまりに呆気ない死で、当人の冴子も信じられないことだったのではないか。

故人との最後の別れは柩の窓からである。一番後ろに並んだ篠に順番が来た。皆のように合掌しようとした手が、思わず冴子の頬へ延びていた。ただ眠っているうちに、こんなところに入れられちゃった……というような表情を冴子がして見せるので、つい、ほんとよ、そんな悪ふざけしていたらほんとに死人扱いされちゃうよ、と言ってやりたくて、頬っぺたをぴたぴた叩こうとしたのだ。

篠はもう、涙も涸れ切っていた。篠の指先が冴子の頬に触れた途端、そのあまりの冷たさに、そして固さにもぎょっとして、篠は我にかえって手を引っ込めそうになったが、指先が磁石にでもなったかのように、冴子の顔にくっついたまま離れなかった。

そのまま篠の指先が冷たくなる。今さっきまで、肌色で生きて話しかけてさえいるようだった冴子の顔色が、急に鈍色になり、緑青の色に近くなった。篠の指先までも同じ色に変っていく。その変化した色の篠の指先が、冴子の頬に貼りついたまま、鼻梁から口元にと撫でている。冷たさが掌を伝って手首まで忍び寄ってくる。そしてじわじわと、緑青の色も手首まで登ってきた。指先は顔から離れたがらない。

死ぬということはひたすら冷たく固くなることなのか……と、篠はなおも離れない指先を、また頬に戻していた。冷たさと固さ。弾き返すその冷たさと固さで。冴子が篠に何かを訴えているように、篠には思われてならない。その奇妙さは、現実世界から離れていきつつあるからなのだろうか。篠には解せない。それでも死ぬということは固くなること。そう冴子から教わった気がした。

それからいくらもたたないうちの葉子の葬儀。立て続けに篠は幼な友だちを失った。友人といえばこの二人しかいなかった。最後は食べ物も口に出来なくなったというのに、柩の中の葉子の顔はふくよかだった。決して痩せていなかった。やつれてもいない。少し笑みを湛えていた。

死化粧をした葉子は、常より華やいだ顔をしていた。それでなくとも、葉子は華やかな顔の作りだった。わざとらしい頬紅をつけた頬に篠は触れた。ちょっと触れたくなる可愛い笑窪なのだ。葉子は当然のように、笑窪触ってみな、触ってみたいでしょ。と言っている。篠の指先は笑窪へとずれていく。笑窪の窪みは底知れず深く、篠の指はとどまるところなく入っていってしまう。ほらね、葉子が、頷いた気がした。指先を引き抜く。ねぇ、こんなに顔の肌ってすべすべだっけ。葉子の肌はあまりに軟らかくすべすべ過ぎて、その柔らかさにも戸惑う。掌が皮膚にとどまったまま沈んでいきそうな怖さがあった。無二の親友なのだから脅えちゃ悪い、と後めたく思い、それでも脅えつつ篠はなんでこんなに軟らかいのよ、と頬をくちゃくちゃ撫で撫でしてしまった。

やめて、くすぐったいよ。

葉子は堪えられないように笑った。厚めの唇が動いた。下唇が小さく開いたまま、まだ笑っている。この軟らかさがあるうちに、葉子は、柩に入れられたり、もっと別の所にも入れられるというのか……。

葉子は、もう笑っていなかった。

篠の指先の感触は消えずにいまだに残っている。堅いとか軟らかい指先の触覚ばかりではなく、冷たさの感触も、いつだって蘇ってくる。

でも、こうして三人で坐っている今日は、冴子と葉子は何も変わらない昔のままだ。篠は膝に置いた手を左右に伸ばし、冴子と葉子の膝に置こうとした。しかし触れようとした場所にはなんにもなくて、篠のてのひらは冷たいベンチに置かれただけだった。

篠は公園の隅っこにある水飲み場に歩いていった。ちょっと手を洗って、口をすすごうとしたのだ。水飲み場はない。そのかわり、にょっきりと生え出たようにして、死んだはずの篠の夫がいた。紙粘土で作った生っぽい像になって、そこにいた。竹の子が急に伸びてきたといった具合だ。

胸から上だけの、その像は空を睨んでいる。生まれたてのほやほやで、ちょっと、おぼつかなく不安定に、でも、にょっきりと屹立している。土の匂いと空の青さ、風のさやけさまでも周りに引き寄せ漂わせている。

そうかそうか、篠は深く頷いてみせる。夫は死んだけれど死んでもいないと主張しているみたいだ。紙粘土の白さが妙に儚げなのに、眩しくも感じられる。

ここにさえくれば、夫に逢える。夫は墓の中に納まることを好いていない。どこまで自分を押し出して見せられるのか、夫は試みているのだ。篠がよく来る公園にまできて。

唇は何かを堪えているように、真一文字に結んでいる。眉毛は太々としている。

紙粘土の夫の胸像を見ていると、風に晒されるのはまだしも、雨にはひとたまりもなく溶けてしまうのではないか、と不安になる。

今はその夫に逢うために、篠は公園にやってくる。夫の胸像が見えるベンチで、篠は日々過ごすようになった。夫を見ながら坐り続け、思索する。

死とは、何と親しみやすいものなのか。死んでも生きていても同じ、何ら変ることはない。こうして、ここにいてくれるのだから。

夫はいる。いつだって存在している。変幻自在だ。ずっと夫はいる。白い像の姿は消えて、今では水飲み場に戻ってしまったが、そこに、濃密な気配はある。

死に目に逢えなかった姑が、白昼だというのに公園に現れた。髪をザンバラにして振り乱し、口は耳まで裂けていた。山越え野越え空を切って篠に飛びかかってきたのだ。裸足で、手の爪は鋭く尖り鷲の爪のようだった。ウヒッヒッと笑ってるような、泣いてるような、まるでむしゃぶりつくような勢いで天空から篠に掴みかかってきたのだ。山姥だか夜叉だか……。

死の世界っていうのは、何というか来てみりゃわかるよ。
姑が、篠の耳に口を寄せ、囁いた。ザンバラ髪が篠の頬に触った。

何日かやり過して篠が恐るおそる公園にきてみると、今日はのどかな顔をして、姑と夫が二人並んでベンチに坐っている。篠を見ると、二人で同時に手招きし、篠を真ん中に坐らせる。篠が坐るとすぐ、姑はこの間したように、篠の耳にぴったり唇をつけて囁いた。
ままごとしましょ。
ベンチの前に、ござが敷かれた。

と、篠が近所のミヨちゃんと遊んだ幼いときの情景と同じに、姑と夫がそのござの上にいる。ミヨちゃんのござ使っちゃ駄目だよ……思わず篠はそう言いそうになる。

姑は、体をござの上にうつ伏せにし、上半身には薄ものをかけ、膝から下を出している。その膝を折り曲げ、足の甲でバタバタとござを叩き、按摩をしてもらう前の準備運動をしている。陽に曝したことのない白い脛はぷよぷよと揺れている。夫が姑の足元に坐る。姑の脛を両手で抑え、ころころ転がしたり、軽いこぶしを作って叩いたり、握っては離し、離しては握ったりしている。まるで、長年鍛え上げた職人が、うどん打ちをするように自在に揉んでいる。足の裏も叩いている。姑は気持よいままに鼾をかいて寝入っている。

日なたぼっこをしながらベンチに座っている篠は、これがおままごとなのだろうかと考えながらそれを眺めて見ていたが、きっとあの世へ行って見れば、それもすぐに分かることに違いないと思った。

この公園に来る途中、篠が、かつて、乗ったことのある小型の車とそっくりの車が走っていた。あれはもう、二十年も前に、中古車として買った所に、更なるポンコツカーになって引取ってもらったのだ。二、三年は愛車として活用させてもらったが、寿命がそこまでで尽きた。その車が今もこの地上を走っているなどといくら錯覚にしても、あまりに馬鹿げている。

例え、錯覚にしても、思い出を山積みした車が通り過ぎて、篠の胸は動悸している。胸を抑えながら、篠はお日さんに暖められたベンチに坐る。次に口を抑えてクックと笑う。

誰も知らなくてもあんなこともあったんだ。遠くを悪戯っぽく見て、篠はまだ笑っている。

娘夫婦が県営住宅に当たった。然も新築。都会で働いている二人が、通勤に時間のかかるそこへ引っ越して行くのは、仕事上のこともあってなかなかふっ切れるものではなかった。当たらぬはずの籤に当ったようなものだから、有頂天にもなるが、悩みは深い。家賃が安いのも魅力。とうとう篠が狩り出された。篠の手から離れて、いよいよ保育園へ預ける時期がきていた二歳になる孫。その孫と篠を対にして、先発隊にした。考えている閑はない。即座に住むのでなければ契約取消しなのだ。

思いもかけない孫と篠のスイートホーム。週末にはパパとママがここを別荘としてやって来る。マンションと同格の立派な五階から、見える保育園。子育てには理想の立地条件だ。

自転車の前に乗せての送り迎えも、田園風景の中だから、篠も場を得て若返る。梅雨がやってきて自転車での送迎は難しくなる。月曜日には、昼寝用の蒲団を運ばねばならない。手入れするために土曜日にはまた持ち帰る。悪天候の日は、橋の上は雨風に煽られて、小さな孫をかばい、蒲団の包みを抱えて立ち往生する。地方の町では保育園の送迎はみな車だ。都会と違ってスーパーに行くにも距離があり車は必需品。車が必要とは計算外だったが、ペーパードライバーの篠に、娘は言う。勿体ないよ、それ生かそう。と、中古車購入となる。

大胆な娘だ、と篠は後になって考えることがある。大切な可愛い子を、よくもまあ。篠だったら、とても出来ない。可愛い自分の子供が、ばあばに、殺される、と考えてしまう。娘は、自分が腹の中いる時に、母が取得した古い免許証を、そんなわけで生かし切った。老母扱いで、ほれ、段差があるよ、転んで骨折したら惚けが始まるんだからね、常々、娘に篠は喧しく言われている。背に腹は替えられなかったのだろう。篠は、その間、孫との、ちょっとしたドライブもした。内緒で。遠出もして、孫を喜ばせた。

孫は後部席にチャイルドシートをして鎮座している。いつのまにか教習所の指導官もどき。ばあば、青だよ。発進。スタート。信号右ッ、直進です。とか、一度行った所は覚え、忘れっぽい篠を導く。サイドにバイクいるよ。気ぃつけてください。対向車よく見て。中央に寄り過ぎ。とか、篠はいつの間にか、孫を頼って運転している。孫の玩具をトランクに積んで、ある公園に向っていた時、カーブでガラッガラといつもしない音がした。音に動揺して電信柱にぶっつかって、サイドミラーを壊したことがある。すぐ修理が出来、娘にばれずに済んだが、孫は事故のときも泰然自若だったたし、頼みもしなかったが、ママに告げ口もしなかった。

孫の篠へのあの協力は何だったんだ。すでに、生きていかねばならぬ厳しさを知っていての、ある覚悟というものがあったとしか思えない。三、四歳と言えどもあの覚悟は大人を越えていた。

篠が運転をしていたことを知っている人はいない。パパも勿論、ほかの誰も知らない。それぞれが心配性だから、暗黙のうちに口を拭っていた。

ほんとはさ。ばあば運転うまいんだ――。

ほんとはね、保育園時代母は車、転がしてました。お蔭で息子は無事に保育園卒園しました――。

ほんとうに、あの時代は楽しかった。奇蹟的に事故も起こさずに、何に感謝をしてよいのやら――。

誰彼に言うわけではないが、親密な人には気楽に笑いながら言いたい。娘と孫を駆り立てて、三人三様で上出来の過去を、公表してみたい。ここまで無事に生きてみると、自慢したくなるような臆面のなさは、子供に戻ったようだ。篠は、ふっふっと笑う。何とまあ、やくたいもないことを。続けてげらげら笑って腹を捩る。

篠が車の運転をするようになってからは、娘とのやりとりのあとただ蒲団を被って寝てしまうということはなくなった。ハンドルを握って、歌など口ずさんでいつもご機嫌だった。何しろ、ばあば大好きの孫を後部座席に従えているのだから。

何の風の吹き廻しか、ふた昔以上も前のことを思い出している。先日、この公園に来るときに、かつてのマイカーの亡霊と逢ってしまったからだ。それからは、篠にとっての車時代がよく甦る。孫との蜜月時代は孫の保育園時代。そして、僅か三年間だけに限られた篠の車時代。どこを押しても笑いの絶えない時代。

その頃を思えば、篠はいつでも笑える。が、不思議とこのベンチに坐ったときに限る。これは笑いベンチなのかも知れない。自動装置がついているのかも、篠はベンチの下を探ってみた。あった、ベンチの下の横にやっぱりあった。篠は、装置がついていたそこの上に当る部分に軽くこぶしを作って、ドアに向って、もしもしと叩くように叩く。そして、坐り直すと、篠はふふと笑い出す。それを切っ掛けに、あはは、になり、げらげら笑う。

まだ目が見えているから、昔のことを思い出すきっかけもあるが……。

篠はベンチをさすり、自身の膝もさすり、その触覚を愉しむ。風が吹いている。木々が草々がそよいでる。それを感じてもいるが、見てもいる。味わえるときに、貪欲に……。見えているから、見る。笑えるから笑う。篠は笑いながら、歩いて、も一つのベンチに行く。ベンチに坐る前に、ベンチの下を確めている。頷いている。坐る前に、先のベンチを叩いた辺りを同じようにもしもしと叩く。篠はベンチに正しく坐る。肩を落として……演技ではない。涙がとめどなく流れてきた。泣きたいときは泣く。思い切り泣けばよい。このベンチは泣き虫ベンチ。篠は声を上げて泣いている。このベンチにいるときに限って泣くだけだ。このベンチには泣くという名の自動装置がついているのだから、しょうがない。篠はおんおんと泣き続ける。

公園の真ん中にお椀を伏せたようなコンクリートで出来た小山がある。孫がいた時、そこに仕組まれている土管のトンネルで遊んだことがあったが、そこに最近、近づいたことはなかった。丸い屋根に当たる小山にはほどよい窪みがぽちんぽちんと作られ、それを足場にして登ったり、下りたりが出来た。幅の狭い段々状の凹みもあり、丸い山はすべすべに磨かれたところもあり滑り台にもなる。何人もの子供たちが、かつては群れていたものだ。この公園の中では一番大きな遊具でもある。

見ようとしないからか、そこにあるのに、まるで見えていなかった。気にもならない。いつも坐るベンチからは角度のせいか小山のトンネルの入口は見えない。

その入口が、中に入れないように木材でバッテンされていたとは知らなかった。たまたま篠はそこに佇むことになって、そこから洩れてくる暗い雰囲気に呑まれた。いや、篠はそこから押し戻された。不穏な気持になって、いつも坐るベンチに坐ってからも、落ち着かない。何かよくないことがそこで起きて閉鎖されたのだ。そのせいでこの公園はさびれたのではないか。忌み嫌われ人が寄りつかないのも当り前だ。篠には妙に納得できた。長く生き過ぎてしまったから、飛んでもないこととも出会ってしまうことになる。

篠が、ここにいるとも知らずにか、あえて知らぬ振りをされているのか、見るからに物々しい風体の男が、大きな古臭い箱型の皮の鞄を担いで、公園の入口から臆することもなく入って来た。その小山のトンネルの前で男は足を止めた。人を食っているというか、見えない筈はないのに、老女の篠は無視されている。実際に男などいないのに、篠にだけは見えるという現象ででもあろうか。

男はバッテン印の木材を難なく取っ払っている。然も、乱暴な仕草で。見てはいけないものを見てしまった恐れから、篠は、その男に見つからなかったのをよいことに、こっそり立去った。公園から離れるほどに、篠は篠でなくなっていく。薄い紙、透け透けの影だけになっているのを知る。それでも篠は風に吹かれるように公園から遠のく。遠のけば遠のくほど篠は影でさえなくなっていく。無になっていく。先を急ぐことはない。行く所があるわけでもないと思えてくる。

あの男がこれまで何をしてきたか、これから何をするのか、見えなかった閉ざされたトンネルの中も、男がするだろうこと、思うだろうことさえも、篠はすべてを知っている。あそこは、あの男のねぐらであることも。

あの男のことを、篠が知っているのは当然なのだ。実は、篠自身なのだから……と、篠は分かったような分からないことを思いながら、足はまた公園に向いていた。


たそがれて来て、さて、帰りましょ、と思って、篠は、よいしょと腰を上げ、歩き出そうとしたら、目の前の地面いっぱい緑の絨毯を敷き詰めたようになっている。それも動いている絨毯、絨毯の生きもの。よくよく見れば、蛙。小さな蛙たち、蛙の集団だ。

もし、篠が歩き始めたら、足の下になる蛙は踏み潰されることになる。足の裏の面積だけの死体が生まれることになる。集団殺害を行うことになる。篠はなんつうこった、と、地面の上にある自分の足を上げるもならず、そこにぴたりと納めたままで、いるしかない。一匹の蛙の大きさは、このぐらいかしらん、と、手を出して親指を立てて見る。篠の親指の腹ぐらいの蛙たちだ。雨蛙という名前があるはずだ。間違っていなければ。八つ手の大きな葉にしがみついていたのを見たことがる。イボ蛙とか、殿様蛙とかも知っているが、この可愛い方の蛙でよかった。それにしても湧いたように、降ったように一面というのが解せない。

公園の隅は、今は丈の高い雑草で覆われているから、分からなくなっているが、孫と遊びに来た頃、小さな小さな溜池みたいのがあって、金網が被せられていたのを思いだす。あそこで繁殖したのだろうか、異常気象とかで、あれこれあるから、この現象もそのうちの一つでもあろうか。それにしても篠は動けない。歩き出したら、ぴちぴち、ちゃぷちゃぷどころではない。ぶちぶちぎゅぎゅになってしまう。

篠は鮮やかな濡れ濡れした緑の絨毯に取り囲まれ、竦んでいた。なぜ今まで音がなかったのか、篠が聞こえなかったのか、空気を震わせる蛙の大合唱が始まった。

蛙一匹一匹が、濡れ濡れと重くひんやりしたものを放射している。これだけの数で妖しい冷たさを放射するので、空気が変容している。その空気がゆらゆらと足元から昇ってきて、それに篠はすっぽり包みこまれ、篠は冬眠状態に入る。緑色に染められ、少しずつ凍結されたあと、また溶かされてもいくのも知らず、篠は、蛙の声を子守唄にしている。

公園の隣の家の塀は何の変哲もないのだが、何か異様な感じがする。それが何か、篠にはしばらくの間、分からなかった。そんなに目がよくないから、分からなかっただけで、それより、まさか、という、考えられないことだったせいもある。

日の光を受けて乱反射するように、きらきらしているものが塀の上、十センチ幅にびっしりある、という発見をしたのだ。ガラスの欠片が隙間無く植え込んである塀だったのだ。泥棒よけということか。あれでは攀じ登る者も、いないし、知らないでそういうことに至ったとしたら、血だらけになって、墜落してしまうのではないか。昔、お屋敷町で釘の頭の方が埋め込まれ、切っ先が上を向いたのを見たことがあるが、鉄条網と同じ仕組みだ。これは、見るからに痛い痛いのガラスの有刺鉄線だ。

ある日、篠の坐るベンチの前を、静々と三毛猫が通った。足を曳いている。四つ足でも、一本病めば不自由なものだ。杖をついての三本足の篠は、自分の姿をそこに見た。

ついで、白い猫も通った。やはり足を引き摺っている。それだけでなく、白い毛に赤いものが点々とあった。お洒落な猫、と、一瞬、からかい気味な気持にもなったが、そのようなものでなく、血を流していたのだ。異様な情景といえる。恋猫同士、沈んだ二匹は痛々しかった。三毛猫もそういえば、三毛模様にしては、朱混じりのあでやかさだったと……。

見送って、しばらくして、篠は気がついた。

あの塀の仕業だ。

篠の目に、塀の上で乱反射しているガラス群に猫の毛が色とりどり毟られて、そこここに血痕も散らばっているのが見えてきた。猫がジャンプしているのが見えてくる。塀の上に乗ろうとしてずり落ち、片手でぶら下がっている猫もいる。篠は、その猫になって、か細い声でみゃあ、にゃあ泣いていた。

いつの間にか、その猫は公園の中をも静々と歩いていている。仲間はだれも泣いていないから。やっぱり泣かないで、三本足に頼って歩く。音の消えた公園の中は、静々と歩く猫と、その歩く猫よりも数の多い影が、ひそひそと続く。

この公園に鼠はいるのかしら、以前、庭のある家に住んでいた頃に、篠は、鼠の大家族の面白い光景を見ていて、それを思い出す度に、笑ってしまう。

人に話したとしても、またまた馬鹿げたことを、妄想癖あり過ぎ、とからかわれるか、作り話だと思われるのが落ちだから、篠は誰にも口にしていない。当時一緒に住んでいた子供も信じてくれなかった。

それでも、思い出す度に暖かなものに包まれる。ああいうのを、間近で見られた仕合せが、いうならば、篠の財産。

篠は取って置きの話を誰にしていいものやら、と辺りを見回す。誰もいない公園、誰かいたら、それこそ困る篠なのだが、うんうんと頷いて、もう花も咲いていない椿の木の前に行った。あなたのために、これからお話しますから、聞いていてね。椿の木の葉っぱを撫で、幹を、さすったりしてから、篠はベンチに戻って来た。

口を開くわけでもない篠は、まるでうつらうつらとしているように、体を微かに揺らしている。ときどき、にんまり笑ったりしている。椿の彼女に語らっているのだ。この公園の椿は、篠の友人、咲子の形見で、その咲子にだったら、声など出さなくても通じあえる関係なのだ。

篠は、声を出さずに話す。聞き手の咲子が、持ち前のハスキーな声を出して、ときどき合いの手を入れてくる。話しながら篠は耳を傾けている。咲子の声に、篠は嬉しそうに、得意そうに、頷いている。

それでどうしたの。

それから、へぇ、驚いた。すごいね。

わぁ、一緒に見たかった。残念。

よかったね。そんなことって、あるんだね。

篠が、かつて、まだ子供を育てている頃だから、大昔の話になる。篠は大患いをして長らく寝込んだときのことだ。

犬を飼っていたから、その小屋が見える所に、床を取っていた。犬は篠の寝ているガラス窓に体をぴたっとくっつけて、篠の無聊を慰めてくれてもいたのだ。近くで顔を見合わせ、なんにょなんにょ、と話しかけてくる。

大様な犬で、雀が来て群がって餌のボウルに、すっかり入り込んで、ちゅんちゅん、姦しくしても、吠えもせず、風景として眺めているふうなのだ。カラスがやってきて、ボウルに、首を突っ込んでいても、同じである。

篠は追い立てなさい、癖になるよ。カラスまで養うことはないんだからね。と、言って聞かせることもあった。

見事に利巧な犬で、家族の中で一番頭がいいよ。とは、子供たちの評価だった。控え目で、ゆったり構えている風格は確かに頼れる犬だった。

この庭の主がこういうふうだから、野鼠一家も、すっかり安心して、養って貰うことに気兼ねもなかったのかも知れない。篠が見たのは始めてだったが、この庭にあっては、当たり前の光景だったのかも……何しろ、そこには悠揚せまらぬ世界が展開されていたのだから。

前置きが、長過ぎよ。

ハスキーな声がする。篠は、静かに、うん。といって、佳境にはいっていくのだった。

篠は、犬と一緒に見たのだ。犬はガラス戸の向こうで、篠はガラスを通したこちら側から。

おやおや、まあまあ。

猫ほどもある鼠が登場したのには驚いた。太って大きく貫禄ある、こんな鼠は初めてお目にかかった。と、次に現れたのは一回りぐらいは、小さいが、小さいなどの表現は当たらないほど、やっぱり大きい。猫と比較しても劣るまい。ドッグフードをひと粒、頂からしてもらいます、というような、何となく礼儀正しいものを、感じる上品さがあった。よく肥えた夫婦者は、ドッグフードのコロコロをひと粒ずつ抱えて去る。続いて、姿を消したかと思う間もなく、次に、現れたは、もう一回り小さくした鼠。一回りずつ小さくなって、後から後からとフードをお辞儀でもするように、ひと粒を抱えると静々と去っていく。行列は乱れることなく、鼠の大きさも流れるように次第に小さくなって、終いには、ほんに、生まれ立てみたいな、まだ赤剥けの鼠が何匹か続いて、それが最後で、これが私たち家族全員です。とでもいうように、終りを告げたのだが……。

総じて、間隔のリズムの取り方など、真似してできるものではない。あまりにも整然としていて、言葉もない篠。

犬の顔を見たら、動じてもいない。普通の顔をして、ねっ、そうでしょ。という目をして、篠に同意を求めている。なんにょ、なんにょ。と。

一体、何世代続いた鼠の行列だったのか。それにあの秩序ある行動といったら……。

やっぱり作り話と思われるね。

私は信じるけど……。

ハスキーな声の主は、感動していた。

公園の隅、草藪の蔭にいつから、捨て置かれていたのだろうタイル張りの浴槽があった。古い形のもので四角い箱。うらぶれているのに華やいだ存在感があった。篠には懐かしいものを伝えてきた。

戦争があったとき、空襲で爆弾が落とされ、篠の家も跡形もなくなったのに、浴槽だけは、焼け跡に明るい色彩で残っていた、あの浴槽とあまりにも似ていた。それに、こうして外の空気に曝されっぱなしという運命も似ている。

めったに内風呂は沸かさず、銭湯に行っていたのだから、浴槽と言えど大変な贅沢な器だった。きっと、よほど不似合いなものだったのだ。新し好きの父が家の者をよろこばそうとしたには違いないが、ご時世に合わなかったのだろう。その宝箱のような器が何十年も経て、またお目にかかるとは。篠の中に、ある興奮を巻き起こした。

これは大きな大きな宝の箱。魔法の箱ともいえないか。ここまで生きてしまうと、いい思い出ばかりではないが、ここにぎっしり詰まるほどに思い出はあるだろう。この公園に来る度にひとつ、ひとつと思い出を取り出して楽しむことにしよう。篠は、草藪には入っていかず、こちら側から、眺めて、その浴槽に思いを込めてさよならをしてきた。

帰る道すがら、鼻歌でも出てきそうな、軽々した思いを味わっていた。

その夜、篠は夢の中でうなされていた。公園にあったあの浴槽を、つづらみたいにして背負っている。煙ってしまうような遠い道を歩いているのだ。押しつぶされそうになって歩いている。背負った浴槽からは、臭気が漂ってくる。篠がこれまで出会った死、子供や孫たちが飼っていた動物や、小動物などの死。その死骸が詰まっているからだと、気がつきたくないのに、気がついた。

篠は甘いものが好きだ。今日も出てくる前に、帰って来てからの、お茶のときにしようかなと、思いつつ、蒸し羊羹を少しだけ、もう一切れ、と思っているうちに、それを何度も繰り返し、一本を平らげてしまった。

これで、帰ってからのお茶のときには、もう甘いものは口に出来ないと、その甘さの余韻を口の中に楽しみながら、公園に着いた。

甘いものが喉を通っているときは、ある快感がある。それを楽しむしか方法がないときだってあるのさ……ベンチで言い訳をしている。今日の篠は思慮深いというか、深刻に悩んでいるような風情がある。

癌体質なんだから仕方ないか。甘いものを喉に通して、そのときだけ、変なつかえを忘れていたところで、喉もと過ぎれば、何とやらで……気が休まるものでもない。気を休めたつもりで、それ以上のお返しがきた。また苦しいほどに、つっかえる感じは、やってきた。

弁解でもなんでもない。食べているとき、その瞬間だけ、気にならないだけのこと。このつかえを忘れたい。何とか感じないで済ませるために、次から次と口の中に甘いものを放り込んでやるしかない。つかえて居る所は、甘いものに限って、その喉の関所は甘くなる。どんどん通してくれるのだ。

甘いものは太るというから、篠も、見る見る太っていくのだろう。太ったら膝のためによくない。今でさえ、よたよたなのに、重い体重を支えることなど出来ない。考えなければならぬことがあり過ぎる。

家族、肉親で死んだ者は申し合わせたように、癌だった。だから、驚くには当たらない。覚悟も出来ている。

そういえば、すっかり使わなくなったあの手があるではないか。思い出してよかった。孫を守りしていたとき、よく使ったあれだ。孫から絶大の信頼をされたものだ。孫がお腹が痛いと言って泣くとき、風邪引いて、喉が痛いよう、と言って苦しいとき、ばあばの手は、いつも、その痛む所にあった。孫は、その手に小さな手を重ね、信頼した目をばあばに向けていた。そのうちに、寝入ってしまい、目覚めると、ばあば治ったよ。と言ってくれた。

あの手だ。あの手でいこう。篠は、喉に手を当てる。孫の手まで現れて、すっと篠の手の上に乗せられる。篠は恍惚とした顔になっていく。

やさしいのに、重い。苦しい。よけて、よけて。いつの間にか、篠は、手は手でも、太い、ぶっとい、握力のある手に抑えつけられているのを知る。空からだか、地中からだか、伸びてきて、むんずと、篠の喉を抑えて、捻ろうとしている。

篠は、小さな小さな手を、もがきながら、必死に探す。

ベンチに坐ったら、目の前に、トイレットペーパーが転がっていた。ロールがこのベンチに坐っていて、ふとしたはずみで落ちてしまったのだということが、このベンチに白い尻尾を残していることで、分かる。さっきまで、ここに居たに違いない。

この尻尾を捕まえて、さあっと、思い切りロールを転がしてやろうかしら、ロールは何を望んでいる……のか。

篠には、白い帯が地面を這っていき、公園をひと巡り、ふた巡りとぐるぐる回るのが見えてくる。その白い帯の上を小人たちが、汽車ぽっぽ遊びをしているではないか。と、思ったら、青い空にも、ふわふわと、帯が揺らいで輪を作ったり、曲線を描いたりの天女の舞いをしている。

場面変わって、その白い帯が、裂かれ、細く細くなって、人の口の中にするすると入っていくのが見えて、篠は慌てて目を覆う。

隣にいつの間にか、女性がいて、その裂かれて細長くなったものは、その女性の口が、啜っているのだと分かる。

いつから、居たの？　ここに。

篠さんに会いたかった。もう何年になるかしら……。ずっと待ってたのよ。

十年とか二十年も……もっと昔でしょ。あなたはいつの間にか消えちゃうし。そのうち、何だか難しい名前の病気で亡くなったとは聞いたけど。

目の前の裂かれて細くなったペーパーが、彼女の口の中へとするすると入っていく。

前も、こんなふうだった、話しているときに、ポケットからテッシュを出すと、話しながらシュルッシュルッと指先で裂いていく。それで、目の前に小山を作る。細く裂かれた紙の蕎麦、ふわふわした山。それを、また、指先でつまむと、まるで、煙草を吸うように、その裂いたものを、見ている前で、吸ってしまうのだ。

――二つ下の弟と二人暮らしよ。父も母も本土には帰ってこられなかった。父はロシア兵に捕虜として連れていかれた。男はみんな引っ張っていかれた。その後で、母が、ロシア兵に、弟と私の見ている前で強姦されて、殺されたわ。

こともなげに、言ってのけた彼女を、呆然として見ていた篠。

シュルシュルと彼女の口に吸い込まれていくのを、煙草の煙の行方を見るように、篠は見ている。そんな……やめなよ。と言えなかった。篠は、紙をでも、食べないでいられない彼女の気持が、そのとき、分かった。

——誰にも話したことないのに、ごめんね。こんな話聞かせて……。

——……。

それ切りだったのだ。それきり……。

彼女のことを思うとき、彼女の体の中が、白い紙でぎっしり埋められている。隙間なくぎっしりと。篠には見えてくる。彼女は自死するために、するするシュルシュルと……。

——〝サハリンの少女〟という小説を書かなければ、死ねない。と、あなた言っていたのに……。

公園の隣に二階建ての家がある。公園に面している二階の窓が開いたのを篠は一度も見ていない。余計なことだが、この公園を、借景、としても見たくないのだろうか、と、篠自身が公園になった思いで、公園になった姿を、その二階家から見てみる。

そういえば、篠が子供だった頃、どんな事情があったのか知らないが、いっとき、黒い板塀でぐるりと固まれた大邸宅に住んだことがある。平屋だったが、そこの玄関は使わず裏玄関だけから出入りしていた。華族さまのお妾さんが住んでいた家だとか。東京に空襲がやってこない前の話だ。

表玄関までが遠かった。裏玄関から両脇に部屋が並んでいて、開かずの部屋というものがあった。

小さな篠はその前を通るのが怖かった。開かずの部屋というから、怖いのに子供ながら、興味を持ったのだろう。今となっては、記憶が失せて、何がどうなってということは、まったく覚えていないのに、開かずの部屋が開いたときがある。記憶というものが、ピックアップした消し方をするのか、いやなものは忘れたいとしての都合のよさもあるのか……ただ、見なければよかったという恐怖めいたものだけを、覚えている。

いつも閉まっていて、永久にしまっているのだろうその二階の窓の雨戸を見ていると、そこに秘められた、そこに充満している熱気のようなものが、雨戸の隙を見つけて漂い出てきそうで、篠は怖くなり、早々に公園を退散することもある。それでいて、また、この公園にやってきている。ときどき、その窓を怖々見ていたりするのは、篠自身でも説明がつかない。今日も今日とて、こうして、さして近くもない道のりを、足を引き摺りながらやって来ている篠だ。

誰かがこっそり、どこかから篠を見ている気配に、篠は気がつく。まさか、と思いながら、篠は怖々と二階のその窓に目を泳がせる。いつもと違い、雨戸に少しの隙間が出来ていて、一つの目が、そこにあった。

持って来た目薬を、ベンチに坐って空を見上げてから、点眼する。一日三回だから、これは二回目。いつも厄介を起こすのは左目だが、その目が、また反乱を起こした。

家の中にいても欝々としてしまうだけだから、それに、何も出来ない。目がこれでは。ぼってり重く、頭痛も伴う。篠は片目だけしか利かない状態を承知の上で外に出て来た。

道中は、よくよく注意を怠らず歩いて来た。誰が見ても、ぎょっとされてしまいそうな、赤い目だ。軟らかいぶよぶよしたゼリー状のものが、目玉からはみ出し、垂れ下がり、眼帯をかけて隠すなど怖くて出来ない。触れたらパンクしそうなほど充実して赤く、滴り落ちそうな塊りなのだ。篠は目深く帽子を被った。鍔をぐっと下げ、人の目には入らぬ配慮はした。下を向いて歩いた。

この点眼薬がまったく沁みないのがよい。この赤いのが取れるまでは、いつものじいんと沁み通っていく薬からは免れられる。その間に、その沁みる点眼薬の緑内障が進んでしまうのではないかという怖れもあるが、その間はそっちの薬は休むわけで……。

〝じいん〟から開放されているのに、篠はこのベンチに坐ってから、ずっとその、今、点眼して、点けたのやら、点けなかったのやら、何も感じもしないで、目玉の表面も目玉の奥も通過していったことが、もの足りない。
いつもの〝じいん〟を……。今は味わえなかったそれを……架空のそれを味わいたいという
うか、思い出している。
勝手なものだと、篠は自分を笑いたいが、いつも味わう、あの、いやぁな、というあれを、
習慣化してしまったそれを、懐かしんでいるのかも知れない。
あの〝じいん〟のお陰で、篠は体に入っていく、落ちていくものを、沁みていくものを、
浸みていくものを、凍みていくものを、知ったのだ。
そのさまざまな、しみていく、有様、様子を、追いかけ、捕まえようとして、捕まえられ
るはずもなく、虚しくしみるに任せる惨さも、悲しさも、喜びも、じっくりじいんと味わい
つくすのは……もしかしたら、老いの愉しさのひとつに、上げられるかも知れない。
体の外側のものでなく、内部に感じるそれを、飽かずに眺めたり、追いかけたりして味わ
うなどは、若いときには想像さえしていなかった。直截に言えば、甘いもの、辛いものが、
食道を通っていくときの感触の違い。熱い冷たい、苦いもの刺激あるもの。食べ物だけでは
ない。空気だってそう。喉を通るすべての、その感触。そればかりではない。目から始った
が、鼻からのもの、耳からのもの、すべてのことを言っているのだ。勿論、肌に感じる。肌
を通るのを味わうも同じ。

目から始まった。目に誘導されて、辛さも悲しさも、ほっとするさまも、あらゆる、こと、その細やかさを、体感するものだと言うことを……。

〝しみる〟に教わった。その豊かさが嬉しい、と。

篠は、この公園にまで来てみて、どこにでも広がって行ってしまう空気や風に向けて、太陽や雲にも向けて、樹木や草々、石ころや、地面の土、砂、みんなに向けて。みんな同じだということを、かそけく感じ味わっているのだということを。実感出来るのだ。一人で胸にしまっていられないくらいに。

他愛ないことを……と分かってる。自分でも、制御出来ない何らかの力によって、赤い血の滴る目玉を引っ下げて、ここに来て坐っている篠は、一体どうしたというのだろう。

沁みる、感じる、味わう、と指を折って数えている篠は、何やら分からない宙を彷徨っている風情だ。何かに、戻っていくような、還元されていくような、この充足感って……やっぱり味わってるんだよね。誰がいなくても篠にはいつだって対象が存在している。それってきっと、いつまでも、ここに、こうしていても、いいってことなんだ。風化するまで、ここにいて、いいよ。目が見えなくても大丈夫。ただ坐っているだけのことだから。赤く垂れ下がった目も消えるよ。

初めて見た。夕方遅くまでこの公園にいたときに、この公園から見えるアパートの大きな窓に、明りがついて、勿論、素通しのガラスでなく曇りガラス戸なのだが、人影が、写った。仕草がパントマイムになって手に取るようにわかる。そのシュルエットは黒くはない。だから、影絵といったものでもない。肌色だが滲みぼやけているから、安心といえる。

そこまで、ぼうと見ていて、はっと、風呂場だと気づく。篠は思わず周りを見回した。見ている人がいないのでほっとした。そして慌てた。それにしても、そこの家の人は、外側に自分の姿が、いくら鮮明でないにしろ写し出されていることに、気がついていないのだろうか。

これはやっぱり大ごとだと、篠は慌てて立上がっていた。その家の前に立ち、ベルを押し、それなりの何かをしなければ……それを、篠は、しなかった。知らない家を訪ねる勇気というものを駆り立て損なった。立ち上がりながら、また、腰を落としていた。

篠は思案しながら、再び顔を上げてその窓を怖々そっと見上げると、窓は真っ黒に塗り潰されていた。篠は、悪夢でも見たように、顔をひと撫でしていた。

樹木が鬱蒼としていたが、冬になって、ところどころ裸になった木のお陰で公園の下の方が見えそうだ。何を見たいのか自分でも分からない篠は、周りを見回したあと、あそこだ、と狙いを定めたかのように滑り台の梯子をおっちらと登る。よぼよぼの婆さんがすることではないと思いながら、気がつくと梯子段を登り切っていた。手摺りに掴まって下をよく見る。高い所に上ったからといって、何が見えるというわけではないということを、篠は思い知った。が、川の流れが見えたと思えた。

篠の全身がピクリとした。錯覚でもよい、あの流れの傍に立ってみたい。

疎開していたときの爺さま、あの爺さまが流れを見て坐っている。村の船頭さんである。切り株に腰掛けて流れる水面をひっそり黙ってじっと眺めているだけの爺さまだった。川に突き出た渡し場のその先に、舟が揺らいでいて、川端には藁葺きの小屋。爺さまは独り暮し。川面を眺める爺さまの顔は赤銅色に輝いてはがねのように光って銅像のよう。疎開者の篠はこっそりその横に坐っている。ごわごわの手がおりてきて、篠のお河童頭を撫でる。黙って撫でている爺さま。二人で黙って川を見ていた。

爺さまの耳がきこえなくなったのは、連れ合いがこの流れに身を任せてしまったときからだと聞いている。二人の息子の戦死が同時に届き、精神を狂わし、息子に逢いにいくといって消えた……と。篠は村の衆から聞かされた。

きのうは日本が戦争に負けた日。その少し前、薄緑色の服を着た敵国の少年が、空から降ってきた。落下傘で川向こうに。村人たちが黒だかりした後、少年は消えていた。青い空、川の流れ、葦のそよぎはいつもと少しも変らない。爺さまは独りここから動かなかった。川向こうのことは知らない。

川と雲は、爺さまと同じに思慮深く、流れ流れていくばかりだ。篠も、流れに乗りたい。爺さまか、雲か川か、川を縁取る葦になりたい……篠は本気で思う。

川の流れにのって、薄緑の冬瓜が始めは、ぽこん、と一つ。そして二つになり、三つと、次から次と二人の前を、ぽっかりぽっかりと流れて続く。爺さまにも冬瓜の揺らいでいるのが見えているのか……篠はこっそり爺さまの顔を仰ぎ見た。いつの間にか、川いっぱいが冬瓜だ。重なるほどに。川をはみ出しそうにして冬瓜は流れてくる。流れていく。押すな押すなとぎしぎし流れてくる。流れていく。篠は息がとまりそうなのに、爺さまは何も言わない。

爺さまの連れ合いみたいに、篠は狂ってしまったのか、ほんとうに狂ったのか。爺さまに問うているのか、自分に訊いているのか呟いている。狂うたか狂うたか。唾を呑み込みながら、脅えてこっくんこっくんと。見えているのは冬瓜ばかり。

爺さまには、冬瓜が見えているのかいないのか、やっぱり黙って川面を見てるだけ。

滑り台の上の手すりをしっかり掴まえて、篠はもしかしたら、わたし、わたしはあのときから狂ったままだったのかもねえ。と呟いている。目の前は冬瓜色に染まっている。

篠はまた滑り台の梯子を登ろうとしていたのだろうか、一段上りかけたところで知らない老女から、背を叩かれた。そんな危ないことをお止めなさい、とでも注意されたかと篠は慌てて、梯子段に上げた足を下ろす。が、そうではなかったらしい。老女は黙ってブランコの方に歩いていく。二人は二つ並んだブランコに坐っていた。青い空の下、二人の老女はブランコに座って揺れるともなく揺らいでいた。

「孫が教えてくれたんですよ。聞いてよかったのか、聞かない方がねぇ。よかったのかねぇ」

しわしわした声が真っ直ぐ向いて喋っている。篠に話しかけているのか、誰に向けてなのか声は続く。

「爺ちゃんが死んじゃって、独りになったけど、二階に息子夫婦と孫がいての同居ですから、さびしくなんかありませんよ。食事は上と下と別だから、自分のことは自分でしてますよ。でも孫の喜びそうなもの作るのが楽しくてね。二階で食べてもらうんですよ」

ブランコで揺らいだ声は、空に向かっていく。老女はゆらゆら揺れるのを楽しんでる。

「いなり寿司やら草団子、わたし作るの得意で自慢なのですよ。嫁は忙しいから、くたくた時間かけての料理は無理じゃろう。それはわたしにまかしとき、ああでもないこうでもない工夫するのが楽しくて」

老女の声はなおも空に上っていく。

「それがわたしの生き甲斐でした」

老女は大きく頷いている。

「でも孫が言うのです。いつも食べないで捨てるよ、と」

篠は、はっと息を飲む。ブランコも止まる。

「汚いから手で握ったものは駄目とママは言うそうです」

老女のブランコも停止して、それでもやっぱり前向いて……。

「だから、ばあば作らない方がいいよ。くれない方がいいよ。親切に孫は教えてくれたんですよ」

老女の思い余った切羽詰った声は泣いているように聞こえた。

篠は、声も出ない。ブランコは止まったまま動かない。老女の顔はぐっと空を向いてじっとしている。

ややあって老女は、静かにブランコを離れるので、篠も従う。ベンチに行って、坐ろうとして、篠は声を上げる。ベンチに置かれた二つの能面、ひとつは鬼でひとつは、夜叉。生きている首のようにそこにある。首だけが。

二人を待っていたかのようにじっと二人を見る面。妖しいおどろおどろした夜叉と凄まじい憤怒の鬼の面が迫ってくる。老女と篠以外に、この公園に人の気配はなかったはずだ。

ひと気のない公園に、黒い小犬が引き綱を引き摺って入ってきた。篠のいつも坐っているベンチの前まできて、篠の顔をじっと見詰めて坐った。篠は、犬を追いかけてくる人がいるものと、小犬と一緒にそれとなく、人の現れるのを待っていた。犬と篠は互いに顔を見合わせ待ってた。そのうちに、篠は、昔、自分は犬だったという気がしてきた。黒い犬は犬で、前にボクは人間だったという気がします、と言っているような気がしてきた。犬の顔にそう書いてあるのだから、仕方ない。犬は犬で篠の顔に書いてあるものを読んでいるようだ。しかも、昔、篠が犬であったとして、この目の前にいる犬であったに違いない。犬の方も、篠を見てボクは、この目の前にいる人間が自分だった、間違いなく、そうだ。と主張している。だとすれば、どうすればよい……篠と黒い小犬は二人して、結構、深刻な顔をして思案することになる。じっと目と目で見詰め合っている。そこには、妙に、哀しげな光りが漂い、どちらの目からも涙が溢れてきた。

すると、音も気配もないままに、人影が近づいてきた。引き綱に手を伸ばしてきて、それを拾い上げた。足が無かったので、篠は思わず、顔を上げてみた。人はいない。微かに影が揺らめいているだけだ。物体がないから、空気の動きもない。あまりに儚さ過ぎるのに、犬も篠も待ち人が来たことで、ほっと開放されたように、も一度、じっと見詰め合って別れた。犬は引き綱に引っ張られて静かに立去っていった。目の前に現れたときと同じの去り方だった。違うのは、引き綱がぴんと張っていたことだ。

篠はもう少し時間が立てば、篠の首に首輪が巻かれ、そこに引き綱もつけられ、引っ張ってくれる人が現れてくる気がして、ここに、それまでいるしかない、と思い決め、改めてベンチに坐り直した。

だぁれも来ない捨てられたような公園に、篠はまた来ていた。いつからここにいるのだろう。暑い陽射しを避けて、この公園の中で、あっちからこっちへと移動はしたが、ここは高い所にあるから、涼風はいつとなしに吹いてくる。汗もかかないですんだ。家の中にいるよりも余ほど涼しかった。人工的な冷暖房から逃げ出す癖のある篠の過ごし方といってよい。家の中にいると、古いせいか冷蔵庫の苦しそうに唸る声を聞く羽目になる。何を言いたいのか知らないが、篠には、ガンバレ、ガンバレと聞こえる。冷蔵庫が自身に言っているのか、篠に言い聞かせるつもりなのか、繰り返し繰り返し、しつっこいのだ。よく懲りずにいつまでも同じことを言って、呻めいてられると、篠が呆れていると、もう、いい。もう、いい。に変わっていて、言い訳がましいような、いじましくさえ感じられて、篠はやっぱり逃げ出したくなる。クーラーだってシンプルそうな振りをしているが、やっぱり苦しそうに喘いでいるのを篠は知っている。そんな冷蔵庫やクーラーの嘆きだか愚痴だかききたくなくなって、つい、篠は家を後にする。

持って出た日傘の柄に、両手を重ね、そこに顎を乗せ、篠はさやかに吹いて来る風も、ひんやりしてきたなと思ったとき公園の入口に一つだけある街灯、今どきは珍らしいブリキの傘に嵌められた電球にぼうっと灯りがついた。篠はそれを見て何かを漸く思い出せた気がした。

おや、そう、そう。誰かが、わたしを迎えにくるのを、待っていたのだっけ。そう思って篠は公園の入口の向うを、額に手をかざし、すかして見る。誰が迎えにくるのだか、思い出そうとしてもさっぱり分からない。もしかすると、篠自身が誰かを迎えに行かなければならなかったのかも知れない。それが誰なのか、考えれば考えるほど、篠には分からなくなっていく。保育園に預けた孫が、ばあばの迎えを待っているのだっけか、黄色いかばんを肩からぶら下げ、粗相したパンツの入ったビニール袋も一緒にぶら下げて、しょんぼりと。でも、孫は会社員の背広を着ているし。それとも、娘が新生児を抱いて、夫の家を追い出されて、その玄関で、篠が迎えにいくのを待っているのか……。

篠の周りはいつのまにか、濃い闇に包まれていた。露もしっとりおりていた。公園の入口の灯りは篠にまでは届いてはこない。

いつの間にか暗くなってしまった。空はガラスのように冷たい深い蒼だ。たまにはこんな失敗もするさ。それだけ、ここにいた意味があったということだ、と篠は暗くなった公園を目で一周する。さっきまで見ていたものを、まだ目に焼きついているそれを、篠はまた反復している。

遠くの山の端がかすかに見える部分がこの公園にもある。夕日が落ちるのを、木々を透かして眺められる。それを眺めてから、眠ってしまったのだろうか。このベンチで？　まるで家のない放浪者のようなことをしてしまったことになる。いや、一度は家に帰ったろう。夕飯を口にした覚えもある。でも、暗くなって、また家を出ることなどあるだろうか。この公園に一日に二回来たことはない。それだけの体力もないだろう。今では思い出したようにしか、この公園に来なくなっている。

燃えてるようで冷たい光りを放つものが、真っ赤な月だとは……。が、篠にはどうしても大きな西瓜に見えて仕方なかった。子供たちと、縁側で西瓜を真っぷたつにして、それをまた半分にして、それから、かぶりつきやすく両手で握りやすく縦長に薄く切ったもの。その薄く切った西瓜に見えた。

誰かに食べてもらいたくてか、その西瓜が天に向けて、わが身を捧げているわけで。何かの儀式を見ているようだった。地上に落ちていく月の入りの姿はやっぱり西瓜。大きな西瓜だった。山が西瓜を呑み込むのか、真っ赤な西瓜が食べられるのが定めだと諦め、自ら潜り込んでいくのか、それなのに、天に助けを求めているかのように、やや傾いて、見ている間にも西瓜の月は山に吸い込まれ、儚く消えてしまった。

この日、太陽の没するときに、天空に半分の月が薄っすらと消え入りそうに儚げにあるのを篠は見た。そのとき太陽との別れを惜しんで、太陽の没するまでを、影の薄い半分だけの心もとない月と篠は、一緒になって見送った。そのときの月が、太陽を追いかけたのだろうか。何しろ、太陽を真似た姿というぐらいの赤い月の入りだった。まるで、消えていった太陽を凝視し続けた執念の証のようだった。月が太陽に化けたかったけど、化けきれずに、西瓜になったのだ。あの儚い、やさしげな、たよりなげな半分の月のどこから出たのか、赤になるエネルギーは。気弱そうで、やさしげにしていても、秘められたものを一挙に出し尽くした姿なのだ。その姿が消えても、余韻が網膜にやきついたままの篠。

月が、太陽を追いかけた。その月の真似を、篠がして月を追いかけたとしても、西瓜のような赤い色にはなれず、うらなりの冬瓜にもなれまい。漸くただの瓜になり、どこぞにかぶら下がり、風に吹かれるのだろう。いや、どこかにではない。この公園の隅っこに、ほれ、萎んで、枯葉色近くなってるのがぶら下がっているではないか……。あれだよ、あれがわたし……。

向こう側のベンチに、黄色いものがもわもわ揺れた。その中で講談を語っている者がいる。一席申し上げます。まことしやかな顔をして始めたのは、桶やの進ちゃんだ。縁台の前に、これもしみじみとした観客が並んで坐っている。みんな横丁の子供たちだ。腕白ぶりは徹底したものなのに、こんなときもある。

お次の番だよ、と、並んだ観客の中から押し出されたマー坊は、頭を掻きながら縁台の上にあがった。転んだときの膝小僧の真っ黒けなのを二つを曝して、マイクをもつ手振りになる、マー坊は野崎参りは〜〜と、鼻から黄色いどどっぱなを垂らし、それが口に繋がっているのも平気で声張り上げて唄う。子供ながらに艶のある声で近所のおっさんおばさんが聞き惚れて、末は軍人か大将かと言われていた時代に、マー坊だけは、末は歌手だと騒がれていたのだ。その時そのままのマー坊が、黄色い、もあもあした空気の中でマイク片手に踊っている。

篠は、昔の思いに浸される。この公園へ来ると、この頃はあのベンチから立つもわもわの黄色に取り込まれてしまうのだ。

今まで気づかなかったが、見ようによっては、ここのベンチは、戦争で焼ける前の、あの横丁の路地にいつもあった縁台と似ているのだ。ベンチだから、あの縁台より幅が狭い。が、昔の近所の子たちが来て、そのベンチで、縁台を舞台にして演じたように、ここで演じて見せるには丁度よいのだ。縁台での筆頭はマー坊だった。芝居もどきをやってマー坊はいつも主役だった。ガキ大将でもあった。

篠は、特別招待券を手にして、招かれた日にはこの公園へ来て、ベンチの前に持ってきた座布団を、地べたに敷いて、畏まって坐っている。

戦争が終っても、あそこの路地は復活しなかった。みんなちりぢりばらばらになったままだった。東京大空襲で焼け野原になった所に戻った者はいない。それにあとで分かったのは、進ちゃんもマー坊も南方で戦死したということだった。子供たちはいっぱいいた。ちりぢりになったが、今ではこうして集っている。手に手に切符持って、篠の周りの空気は黄色、大きな銀杏の木が黄金に輝いているから、公園中が黄色に染まってしまうのだ。

銀杏の葉一枚一枚が子供たちで、一枚一枚が大切な切符。一枚一枚が座布団で、みんなみんな黄金色。

鈴と約束しているから、毎日この公園へ来て待っているのに、鈴は約束をたがえてやってこない。鈴はこの公園をよく知っているというから、待ち合わせ場所にしたのに……篠は、雨が降っても雪が降っても、槍が降っても、鈴が来ているかも知れないと思うとやってこないではいられない。

今日も、入口に向いたベンチに坐って、いち早く鈴の姿を捉えようと待っている。

鈴は、病気勝ちの子で、母親からいつもがみがみ叱られていた。いやだねぇ、この娘は怠け者で、めそめそばっかりで、女の癖に寝ているのだけが好きときた。器量もよくないし、末を考えると、ああ、わたしゃ寒くなるよう。父親は大工の呑兵衛と言われていた。屋根から落ちて大怪我したこともある。

篠は鈴と着せ替え人形やおはじき、お手玉であそんだ。マリつきとか、縄跳び。ゴム跳びは、鈴は出来ないのでほかの子と遊んだ。みんな戦争が激しくなる前のことだった。

戦争が負けて、それから、子供だった篠は大人になっていて、結婚もして子供がいる母親になっていて、喉頭癌にもなっていて……。

病院で鈴と篠は出遭う。鈴は幼なかったときの鈴と何も変っていない。そのままが、大人になっていた。心もとなさそうに消え入りそう。死の空気を漂わせて、病院の受付の傍に立っていた。その鈴と何度か病院のロビーで、お喋りをした。篠は末期の喉頭癌での手術、鈴は、命にも関るという、難しい精密検査を受けるために……またね、と言って別れた。

退院のとき、篠は看護士から白い封書を手渡された。

（自殺しないでも、死は同じくやってきます。篠ちゃんと一緒にいきます。ここまで生きられたのが不思議です。病弱だった意味が分かったのです。ごくつぶしで厄介者。僻み、負い目、自分で自分を扱いかねました。誰に理解されなくても分かってもらえなくても、篠ちゃんに会えたから、もういいのです。精密検査で二歳半の時、首を骨折していたことが見つかりました。治療された跡がない。これまでの病気のすべての原因でした。生きてこられたのが奇跡だと言われました。死ぬまで痛みは続くとのことです。酔っていた父親に縁側から投げ捨てられたというのは姉から聞いて知っていました。坐っているのが、歩くのが、苦痛で、生きると言う意味が分からぬうちから生きるというのはただ苦しく痛いだけで、と思ってました。一日を生きても、明日があるのかいつも分からなかった。一番に、したかったことは死ぬことですから、今、とっても幸せです。誰にも言えないことを聞いてくれてありがとう。この世でただ一人の友、篠ちゃんへ。篠ちゃんに会えてよかった）

鈴のことを誰も知らないから、誰かに探してもらうわけにも、迎えに行ってもらうわけにもいかない。だから、篠はここで待っている。いつまでだって待っていられる。

ええっ。思わず声が出て、篠はベンチから腰を上げていた。何を考えていて、ぼうとしていたのだか、目の前をよぎった影もなかったのに、この公園からするりと出て行ってしまったものを、見損なったのではなく、しっかり、見てしまったのだ。

この公園は正面が入口で、反対側は木が鬱蒼としているので、よく見えないが、いわば、崖っぷちで高い柵もある。とてもそこから出て行くなど、ありえない。人が通れる所ではない。

ほとんど誰も来ないから、公園の空気は大体が鎮まっている。いくらぼうとしていても、篠には風の動きが感じられる。人の気配に気づかないはずはない。それなのに人間、二人、動物、二匹が、忽然と現れ、消えていったのだった。

厳密に言えば、弟が先頭、続いて、犬、あひるとが後をついて、その後を妹がついていった。行進して行ったのだ。

この篠に何の挨拶もなく。他人じゃない、このわたしは姉じゃないか。

あの、があがあ喧しく鳴き立てるあひるが声も立てないで、まっ、静かとはいえない歩き方だが、太ったおっかさんみたいに尻振って、よったよったと……その歩き方だった。犬も寡黙というか、あまり泣く方ではなかったが、結構なんにょなんにょとか分からないことを呟く癖があったが、それも、返上して、黙って行進していった。

故人になっている。その全員が……。

それぞれ別々に死んでいったではないか。

どうして？　まるで一緒に死んでいったかのように、仲好しの行列作って……。

きっと、あの世は、孤独のない世界なんだ。

篠はほかほか暖かい日に包まれていながら、ひやっとした空気も混じっているのを知っている。だんだら模様のこの空気の中に、紐があるはず、隠されているかも知れない。空気を探る。空気をかき混ぜるようにして探す。手に触れたら篠は、その冷たい紐をしっかり掴まえたい。かき回していたら、篠はだんだら模様の空気の渦の中に、ずずずと引っ張られた。

誰？　何？　と思っていたら、あの、のどかに行進している仲間になっている。篠の手には探していた紐が握られていて、それが電車ごっこの紐で、今は行進でなく、みなで電車ごっこしている。弟と犬と篠、あひると妹がその冷たい紐を握っている。


ゆうべはおかしなことがあった。妙なことになって、引っくり返って寝てしまったが、いつになく深い眠りを眠った。

ここへ歩いて来る途中も、雲の上をふわふわ歩いているようで身が軽い。公園が見えてきて、ちゃんと、いつものベンチが間違いなく篠を待っていたので、なおも気をよくする篠だった。

篠は、馬の背を叩くかのようにベンチを叩く。この仕草は、まったく同じ。誰と？　義父に……。篠は底のけに明るい。篠はもう一度身振りを大きくして、まるで馬のたてがみを撫でているかのように、待っていてくれたのかい？　と、いとしそうにベンチを叩いたり、撫ぜたりしている。

早くに死んでしまった夫。その父親は気さくな人で、孫に食わせてやれや。と、採れ立ての玉蜀黍などよく運んできた。オートバイの荷かけに束にした玉蜀黍を括りつけて、下ろす間もなくその場で皮を剥き、嫁の篠にコンロ貸せや、と言って、縁先でぱたぱたと渋うちわで火を起こし、餅焼き網の上にのせ、焼けてくると、くるくる回しながら、醤油を垂らし、香ばしい匂いを漂わせながら学校から帰って来る孫を待っていてくれたものだ。うまいうまいと舌づつみを打つ孫に目を細め、自分も一緒に食べ終わると、義父は、オートバイの荷かけのところを、太く大きな手で叩く。お馬さま、それ、いくぞ、走ってくれ。ブッツブルルン。何というのか知らないが小型オートバイは義父の愛馬なのだ。

子供は自転車に乗るとき、お馬さん、走れッという。篠も自転車に乗るとき同じことを言う。

おや、今日は命日じゃないの。篠は独り言を呟き、料理用の酒をコップに注ぎテーブルの真ん中に置き、手を合せた。がさごそと引き出しを引っ掻き回したが、義父の写真は見つからなかった。その代わりのように、義父の柔かい丸みのある声がした。篠さんたまには呑もうか。篠のことを義父は呼び捨てることもなく、さんづけで呼ぶ。義父みたいな人が父であってくれたらよかったという思いが、ぐううっとせり上がってきて、篠はそれを隠すように、コップを手にしていた。酒が、喉を通過していった。義父は無骨な顔に似合わずやさしい。だから、こうして、忘れたようなときにやって来る。相手になってくれる。篠の死んだ父など一度だって、声をかけてくれたこともない。顔だって、見せに来ない。篠の息子も孫も生きているのに、遠すぎる。生きている人ほど遠い。

篠は、手酌でコップに酒を注ごうとしたら、義父のがっちりした手がそれより早く、酒を注いでくれた。酒がおいしい夜だった。

朝になっても、家の中の空気はゆうべの名残りがあって、いつにない陽気さがある。篠はコップを片付けながら、お義父さん、今度は、あなたの息子も連れてきてくださいね。お義父さんより、よっぽど会っていないんですから。お姑さんも一緒ですよ。みんなで飲みましょ。最後にそれをしなくっちゃね。と、義父の姿があるわけでもないのに、篠は口にしていた。

外に出ると、義父はどうやって帰っていったのだか、お馬さまを忘れたままだった。篠が馬を見ると、馬も篠を見て、篠に鼻の穴から息を吹きかけた。馬を独りぼっちにしておくのもどうかと思って、篠は手綱を引いてきたのだ。

道中、馬の背に乗ってみようかと、何回も思いながら、義父のようには、うまく乗りこなせまいと思って止めた。篠は、馬に乗ったことがない上に、ここまで年を取ってしまっては……と。それに落馬したら、救急車ものだ。という理性が篠には働いていた。


篠はまだ本調子でなかったが、このばっちり青い空の下、家に閉じこもっているのは辛気臭いと、解禁の日にした。

風邪を引いたのが切っ掛けで、長いこと寝ていることになった。まだ無理だと言ってしまえば、無理で、大人しく夜具の中にもぐっていればよいのだが。

しかし、と篠は青い空が気になる。いつも行く公園辺りから、波紋が広がっている。波紋は水の上に現れるものだろうに、空気中にもそれが見られるものなのかと……妖しげな雰囲気を醸しているその発生している起点へと、篠は気が焦る。

小さな石を、上の上の方から、あの公園目がけて投げた者がいるのかもしれない。大きく広く、放射状に伸びていく空気の襞々を作っている中心に、行ってみたい、そこに身を置きたい。

だとしたら、なるべく冷やさないこと。まだ寒い季節ではないが、用心するにこしたことはない。篠は引き出しから、スカーフを取り出し首に巻いた。別なスカーフも一緒についてきていた。そのスカーフを戻すのが可哀相だ。えこひいきしている気がして、篠は二枚重ねるのもなかなかお洒落、色合いもよしと、衿元に二枚を絡み合わせた。倍の温もりがある。

引き出しを閉めようとして、中にいるスカーフや、首巻が一緒に行きたがっているのを知った。どんなところへ行くと思っているのか知らないが、軽い奴なのだ、連れて行ってやろう。クリスマスだ、誕生日だ、土産だと、子供や孫がくれたものだ。そのときのそれぞれの顔とともに、篠は、スカーフや首巻を引き出しから、次々と引っ張り出していた。そこに、重ねてきた歳月を見る思いだ。

自分たちの軽さを棚に上げ、軽々した人生だったんだね、と、篠に言う。彼女らは明るいところに出てきて陽気になり、篠に向けてからかう。篠は絹、ナイロン、ジョウゼット、手編みの物やらまで残さず身につけた。首に巻きつけ、肩から掛け、腰あたりで縛ったもの、巻きつけたもの、その賑やかさといったらない。篠は満艦色だ。その上にコートを羽織り、公園にやってきた。

確か重要なことがあってここまでやってきたはず、と思っても公園に到着してみると、何も思い出せない。度々空を仰いではいた。

試してみなければならないことででもあったろうか。

この公園に連れて来られたスカーフたちのことを思うと篠はただ侘しい。見捨てられた公園、あまりに荒涼としたさまが、わが姿でもあるかのように、恥かしい。スカーフたちはさぞやがっかりするだろう、と気が揉める。

そう思いながら篠がコートを脱ぐと、一斉にスカーフたちはどよめいた。スカーフは風が好きなのだ、そうか。ひらひらはたはたと、はしゃいで見せてくれた。ひゅー、ぴゅーと迎えてくれた風とすぐに仲好しになり一体化している。それにしても、強い風だ。ここはこの辺で一番高い、空に近いのだから、特別な風が吹くのだろう。

風とスカーフの望むままに、導かれるままに、篠は自分の体から、スカーフを一本引き抜いては、鉄棒に結わえ、ブランコに行っては、鎖に結びつける。滑り台の錆の出た手擦りにも、若いときのもので、使わなくなったピンクの模様のスカーフを結ぶ。可愛いすぎです、と、老いた滑り台は戸惑っている。篠の身についていたすべてを風になびかせた。遊具たちにとっての今日は饗宴。風に曝されスカーフは喜んでいる。祭りだ。

どこかで見た光景のような気がしてならない篠は、はたはたとはためくそれらをじっくり見回す。空から大きな鳥が降りてくる。コンドルだか、鷲なのか、一羽、また一羽と。空を覆って黒くなる。篠を目がけて急降下してくる。ここは鳥葬の場だったのだ。

無理だね……何もまだ言ってないよ……のっけから、篠は囁かれてしまって、手も足も出ない。

そうだよね、回復を望むべくもない事柄だ。お前一体今まで何してきたの。さぁ、あんまりいいことしてきてないなぁ。口にするのもはばかられることかい。まぁね、結構恥知らずなんだ。細部まで洗われたからね。逃げも隠れもできない。人間ここまで自己を曝け出すとってそうはないね。何とか誤魔化すとか、口を拭ってということは、もうやめたがいいね。今更厚顔でいようたって……もともと厚かましいんだしさ。

誰に言われてるのか、誰に言っているのか、それとも脇にでもニンゲンがいて、ニンゲン同士の会話ででもあるのか。篠は公園の例のベンチに安らいでいたつもりが、ただならない空気に取り囲まれてしまった。

不穏でしょ？　どう考えたって。人ごとのように呟いて、篠は逃げるように立ち上がったが、この調子では逃げ切れまい。

篠はいいことを思いついたというように、隠れることにした。孫と来たとき、コンクリで出来た小山の下の土管のトンネルで遊んだものだ、しばらく覗いたこともないが、あそこがいい、あそこがいい、と、篠はそこに隠れることにした。公園の真ん中にあるそこまでいって、篠は隠れることを拒絶された。

そういえばトンネルの入り口は木材でバッテンされている。潜ろうと思ったのに、中でこっそり昼寝でもしようかしらん、としたのに。仕方ないので、篠は、バッテンの脇から、どっこいしょとトンネルの脇の階段をよっちよっちと上る。篠が寝転がるのに丁度よいだけの、山のてっぺんの広さだ。もう一回どっこいしょ、と、ごろんと横になる。少し動いても、ごろごろ転がり落ちそうな、狭さも厭わない。逃げも隠れもしませんよ。お日さまに曝します。全身全霊曝します。篠は自分でも分からないことを言って、両手で顔を覆う。その指の間から、はらはらと光って落ちていくものが続く。

しばらく外に出なかったことが、目が眩しがっていることで分かる。帽子のひさしを引っ張って深くしてやる。コートを着るには早い季節だが、篠はそのコートの替りにちゃんちゃんこを羽織った。首のまわりは手編みで編んだ煉瓦色の首巻きで、柔らかく包む。ちゃんちゃんこが藍色の絣だから、似合わなくはない。ひっそり寝ていただけで、時が過ぎ、日が過ぎていった。それを取り返す意味もあろうか。元気を装いたくて、ちゃんちゃんこにした。お猿の駕篭やだ、ほい、さっさッ。と、外に出ても、老いた篠の行動半径はあまりに限られていて、やっぱりあの公園に足が向いている。鍔のある普通の帽子を被っているのに、篠はすっかりお猿の駕篭やになっていて、ぼっち笠をでも被っている気でいる。

孫が気に入った公園には、孫と同じ背丈の狸の像が、入口にあったからだ。信楽焼きの像。像というより置物というべきだろう。料亭とかの門前にあるのを見たことがあるが、公園にねぇ、珍しいねぇ。と篠も気に入ったが、孫はこの公園の近く来ると、もう駆け出していて、その狸に抱きつく。ちゅをするばかりの親しみをこめてしばらく抱きついたまま、篠を見て、見てよ、見てよ。なのだ。狸に似てるっ？　ときいてくる。そっくりそっくり、双子ちゃんだ。と、ばあばが言ってくれるのを待っている。

孫の大好きな公園としても、それはとうの昔の話だ。孫の背丈はたちまち狸を追い越してしまったし、狸もいつの間にかいなくなった。

みんな消えていく。その消え行くものを、篠はこの公園に見にくるようなものだ。さして近くもないのに足を運ぶ。

公園近くにきて、今までなかったものが見える。まさか、幼い孫の再来？　が、近づいてみると、その影は狸だった。篠は思わず狸に抱きついていた。篠の背丈も、狸と並ぶぐらいになっている。双子ちゃんだ。篠の幼い手が、自分の襟首からするすると煉瓦色の首巻を外すと、狸の首の周りにふんわりと柔らかく包んでいた。

いつも坐るベンチに先客がいた。まぁ、こんな所にラムネの瓶が……。篠を懐かしがらせるために置かれていたかのように、ベンチの真ん中にそれは転がっていた。そのラムネの瓶を、篠は手に持った。中のビー玉がころころ転り、風鈴のような音色を伝えた。ビードロ色の瓶を握っただけで、ほっこりした思いになる。

ラムネの瓶は魔法の瓶。店に行くと割烹着かけた小母さんが出て来て、そう言いながら、手に持った丁字型の木で出来たもので、瓶の口を叩くと、ポンッと音立てて、シューと泡が噴いて、すぐ飲めるようにして手渡してくれたものだ。氷の詰まったバケツの中から取り出して、汗をかいているラムネの瓶を、持っている手拭で拭きながら、それだけのことを流れるようにやって見せる。

飲み終ったあとの、からからコロコロの音が篠は好きだった。

まさか、その懐かしさと出遭うなんて。出渋ったにもかかわらず、あえて、やってきた今日の散歩は、きっと、このためなんだと、篠は嬉しくなる。公園まで出て来たのには、必ずわけがある。

まるで飲み干した後のように、その喉越しの気分も楽しんで、ころころと余韻を残した音にも耳をすましている。そのあとのまだ少し動きの止まらないビー玉を見ている篠は、今でも地方の村祭りなどに行けば、ラムネは売っているのかしらん。などと、もう、赤い金魚を描いたゆかたに、ピンクの三尺をした子供に戻っている。

——ここから出してくれよ！

瓶の中から声がした気がして、篠は思わず瓶をまた持ち上げていた。篠は瓶をしげしげと見てから、耳の傍に持ってきた。耳をそばだててみる。

——三太なんだよ。出してくれよ！

三太の声は哀切極まりない。あの腕白大将の三太だ。その、痛切な訴えに、篠の臓腑はぐさりときてしまった。篠は、思わずラムネの瓶を強く振った。逆さにして振った。強く振っても風鈴のように涼しげな音がしているだけで、ビー玉の三太は落ちてこない。出てこない。瓶の中に閉じ込められたビー玉三太に、カラカラコロコロと訴えられても、篠はどうやったら助け出せるのか分からない。ビー玉三太はもう声を出さない。やたら、上下左右に強く振られたから、目が回ってしまったのだろうか。

それでも篠は瓶を思い切って遠くへ投げて見ようとして、いくら人が来ない公園だからといって、たまたまやって来た人にぶつかってはと思って、思いとどまった。そうだ、どこぞに思い切りぶっつけて、瓶を壊せばよいと思った。瓶を両手で抑えて撫でてみる。どんな瓶よりもしっかりと頑丈にできているのに驚く。どこに打ちつけるにせよ、篠の力には余ることだと思いながら、篠は瓶を抱え込んだまま蹲ってしまった。この瓶を壊すのも可哀相な気がしてきたのだ。もしかして、この瓶はお店やの小母ちゃんかも知れない。篠には壊すこと、この小母ちゃんである瓶を割ることが出来なくなった。しっかり、瓶を掴んでいるのに篠の手はぶるぶると震えていた。その震えるままその瓶を、耳にくっつけていた。篠の耳も瓶と一緒に震えている。いくら待ってもビー玉三太の声は聞こえないし、小母ちゃんの声も聞こえない。ビー玉三太は頼みを叶えてくれない篠を恨んでいるのだろうか。時の経つのにも気づかないのか、篠の姿は蹲ったまま、夕暮れの陽を受けて砂地に長く延びていた。

この砂地にビー玉三太を転がらせたい。三太の元気な声も聞きたい。でも、瓶が破壊される音は聞きたくない……。小母ちゃんが傷つくなんてとても出来ない。

ガルシャス、ガルシャス。篠の口から、これまで聞いたことのない、口にしたこともない言葉というか、挨拶のようなものが洩れている。

いつものベンチに坐っている篠の前には、篠だけにしか見えないものがあるらしい。それに向って頭を下げている篠の真剣さは、何かの儀式が行われている荘厳ささえ感じられる。じいっと、穴の空くほど、虚空を凝視めては、ガルシャスなのだ。

篠は外来語が苦手で、覚えにくい人と思い込んでいるから、ますます横文字にそっぽをむかれ、翻弄されてきた。知ったかぶりをして口にしたことは、笑われ、使い方を正され、使わないに越したことはないと思い知らされてきた。その篠が、このガルシャスだけは自信を持って、得々と連発しているのだ。

今日はどうした風の吹き回しか、篠は喜々として、この公園までやってきたようだ。篠の面持ちを見れば分かる。緊張感が漂っている。

篠にしか見えないもの、それを押し頂くようにして、受け取ったものを、日にかざし、しみじみと眺めやってから、ガルシャスと言って深く頭を下げている。ガルシャス、ガルシャス。と言いながら、袋のようなものに、また、しまっている。

かかりつけ病院へ行ったとき、がさがさと状袋からレントゲン写真を出し、光を出す画面に当て、主治医はボールペンの先で説明をしてくれた。

あのレントゲン写真群たちが、今、篠の目の前に、総動員されてやってきている。ガルシャスと言わないわけにはいかないではないか。

まるで、今日の、この時、のために、ガルシャスという言葉が生まれたかのように、篠は、生き生きと、ガルシャスと言う。ガルシャスガルシャス。誰に咎められることのない時と、場を得て、感謝を込めて、祈りを込めてのガルシャスである。どこの国の言葉なのか、篠の造語なのか、篠にも分からない。

ただ、後にも先にも、今日のためにだけ使われる言葉のような気がしてならない。ほかの時、ほかの場では、有効でない言葉。ただ笑われ、こけにされ、葬られてしまう言葉に違いないことだけは、なぜか、篠には分かっているらしい。

それと、たまたま集まったレントゲン写真たちの決断というか、その行為に、篠はやっぱりガルシャスなのだ。よくもまあ、あの病院から、脱出できたものよ。感嘆する篠である。ガルシャスだ。ガルシャス、ガルシャス。

あの病院の主治医には長期間世話になっている。患者を大切に扱う医師で、篠はその医師に絶大の信頼を抱いている。その医師に、つい、甘えて、飛んでもないことを願ったことがあった。

しかし、それは実現出来なかった。やはり、無理だったのか、忘れられてしまってのことか、それは迷宮入りだが、今、ここにこうして、そのレントゲン写真も混じって、というより、レントゲン写真の王様として駆け参じてくれたのだから、篠にとって思い残すことはない。ガルシャス。

そのレントゲン写真というのが、篠の、骨の全身像なのだ。紹介状を書くから行って来て欲しい、と他院まで行って、放射線撮影の専用カプセルに入って、たっぷりの放射線を浴びて撮影して来た骨の写真。

等身大のそのレントゲン写真に異常は見つからず、事なきを得たのだが、篠は自身の骸骨と対面したわけで、ある感動のようなものを感じて、尾を曳いた。次の予約で診察に行ったとき、篠は勇気を出して、あのレントゲン写真のコピーしたものが、欲しいが、と、恐る恐る申し出た。レントゲン写真はみんなコピーだよ。先生はのたもうた。そのう、篠はつかえつかえ言った。レントゲン写真でなく、つまり、コンビニなどでやってるコピーでよろしいんですけど。レントゲン写真は院外不出なんだよ。一ヶ月に一回、医師の会議があるから、その時、話してみます。と請け合ってくれたが、そのままになった。篠は吉報が貰えず、落ち込んだ。が、催促する気も起きなかった。

篠の部屋に、篠の骸骨の立体ではないが、平面が飾られるはずだった。コピー紙に等身大の篠の骨が……それが鋲で留められてある。時折、それは畳の上に置かれ、その上に篠が寝ている。本当に死んだとき、これと同じなのだろうか、焼かれて骨の形が粉々になってしまうのだろう。この骸骨のようには美しくなく、見る影もないのだろうか。それとも、あり得るはずがないが、もっと生き延びてしまって、骨が縮み、小さくなって、この骸骨とはまったく違う、小さな貧相な骸骨になっているとか……。

今日は、篠の、体の部分の放射線を浴びた仲間たちが、寄り集っている。胸だ腰だ足だ、膝だ、肩もある。頭も、首も。口の中も。平面の、そして、輪切りされ、薄くスライスしたもの、そうだ平面を立体にしたもの、立体だが、やはり平面として見るもの。すべてが平面になり、すべてが放射線で写された篠の内部、細部のレントゲン写真たち。その総監督が全身像の骸骨だ。

頼んだわけではない。彼らたちが一念発起したのかどうかは知らないが、ここに来るようにと、篠を招んでくれたのだ。篠に思い残すことはないか、と、検討してくれての、その結果の集いになったらしい。ガルシャス、ガルシャス。


よほど家を出たのが遅かったのか、この公園に着いたら、すでに暗くなりかけていた。それにしても暮れるのが早い。気のせいか、急に夜の帳に包まれた。露も降りてきたのか、しっとり体が濡れていくようだ。というより、微温の中に浸されていくような、ふっくりと、篠は、安らいでしまう。

坐り慣れたベンチで、朝昼夕と篠は呟く。春、夏、秋、冬……みんな行っちゃった。過ぎてく。過ぎてく。どこからきたのか、みんなどこかへいっちゃった。

ふざけたような真面目な言いぶりが、篠の口から出た。そのあと、空を見上げた。月も星も出ていない。

篠は疲れているから眠るのか、老いていると、所構わず寝てしまうのか。心地いいからその境地に浸っているのか、こくりこくりとやっている。篠は夢を見ているのでもなく、思い出に浸っているのでもない。こくりこくりと首の運動してみたら、こくりとする度に、絵みたいのが出てくる面白さがある。こくりと首を揺らすごとに、色も形も変わっている絵が目の前で開く。まるで絵本だ。篠には、そこだけスタンドの灯りでも点いているように、暗い中でも見えている。空から、この部分だけサーチライトでも当ててくれてるような、予期しないことなので、思わず空を見上げるが空は星ひとつない。

寝ていると思うと起きている。起きていると思うと、眠っている。昔だと思うと、今で、今だと思うと昔。昼だと思うと夜、夕方だと思うと朝。こんな繰り返しがと思っていると……海の上。篠はもうこくりと、やっているどころではない。広い広い、凪いだ海の上に小舟を浮かべて、ときどき海面に掌を浮かばせたと思うと、それが櫂になってぴっちゃぴっちゃやって遊んでいる。空にはお星さまがいっぱいで、篠は星の名を覚えて、得意だったときもあったが、今はいくら考えても、一つも星の名が出てこない。

篠の、海の遊びは終ったのか、ベンチから、また、空を見上げている。やっぱり空には一つの星もない。記憶にあるのは、幼い友だちの名前だけ。花ちゃん、カナちゃん、タロちゃん。と呼んでみれば、みんな昔と同じに元気だ。空を指さし、いくちゃんだ、みよちゃんだ、ジロくんだ。と星のない空に、篠が、名前を呼び呼び指をさせば、友だちみんな、繋がって昇っていく。ピッカピッカと光りながら。お星さまーきぃらきらー金銀砂子ーと。篠はすっかり子供に帰って声を上げる。

気がついたら、公園の隅っこの草茫々の隙間から、揺らいでいるものがある。その草の根元を辿って、地面の上に三つ四つの妖しげに光るもの。妖しい灯かりが揺らいでいる。ぞっとしたのは昔のこと、この妖しげな青い光は燐だということを、疎開していた納屋で、竃に藁くべている母にしがみついて、あれ、何よ、あれ、何？　と、脅えて訊いたら、教えてくれた。魚の骨か、猫か犬の骨かね、燐になって燃えているのよ。疎開のときに、火の玉を見たのも思い出す。ほれ、あすこに、田園の畦道に揺らいで通っていく、ぼうとした丸い青白い火が……村で今夜は死んだ人がいる。誰が教えてくれたのか。

家にいるときから、喉の奥に何かつかえていた。魚の骨がささったときのように、ごはんを丸めて目をつむって飲み込んだりしてみたが埒が明かなかった。歩きながらも唾を飲み込んだりしてきたが、無駄だった。丸薬を飲んで、ひっかかったまま、落ちないで喉の壁にしがみついているみたいな、そのくらいの大きさのものなのだが。ここしばらく薬も飲んでいないから、それも理由にならない。

それでも水分を大量に送り込めば溶けてくれるかと、公園へ来てからも、篠は、懲りずに、水飲み場でがぶがぶ水を飲んだり、思い切りうがいもした。

何をしても無駄で、ひっかかったままの、正体不明のものに手を焼いている。

ほんとうは、篠は病院へ行こうとした。保険証を持って出ながら病院へ向う方角に足は向かず、所在無いとき、ここへ来てしまうように、気がついたら、またこの公園にいる自分を見出した。

手が届くなら、指先で確かめてみたい。引っ掴んで、取り出したい。確かめようのない場所というのがあるのが困る。

篠は、急に、誰かにとっ掴まれて、胃カメラを喉に押し込められていた。胃カメラを飲むのは何回も経験があるが、その時と同じ。まったく同じに苦しい。いつだって人がいないから、その気楽さでここに来ているのに、今日に限って人がいたというのか。苦しまぎれにベンチに斜めに凭れかかり、辺りを見回したが、人の影もない。飲み込まされたと思ったのは錯覚ではない。口には胃カメラの管はぶら下がっている。あの衝撃通りだ、胃カメラは篠の体内に入りこみ、喉の中を写している。

器用なものだ。篠自身が今の今まで、確かめたいとした場所を、何もかも手に取るように分からせてくれている。やっぱり癌です。と。素人目にもよく分かる。篠は現物を見せられた。肯かないわけにはいかない。

続いで、喉の壁に、命綱にぶら下がっている眼球が教えてくれた。篠の奥歯にしっかり結びつけた綱の先のその眼球が言っているのだ。間違いない。癌だ。篠は胃カメラから眼球に変身したそれを、口の中から、引っ張り出してやる。眼球の姿はない。ぐしゃと潰されその上に、盛り上がり固まった岩や砂。こびりついているそれを、篠の両方の人差し指と親指が揉み潰している。懸命に。指先に血を滲ませながら……。

この公園にオナガが来る。そして仲間を呼んでいる、と言っても孫は信じない。そんなはずはない、キジバトじゃないの？　あの公園にキジバトがやってきたのは知っていたけど。

篠は、久し振りに孫と電話したゆうべのことを、ベンチで日向ぼっこをしながら思い出していた。確信をもって言われると、つい、篠は自信をなくしてしまう。あのきれいな水色の細長い姿態を持ち、ぴっと張った尾の形の、正真正銘の尾長が、ださいと言ったら悪いけど、尾長とは雲泥の差のキジバトに化けてしまう。みな忙しい。確かめにくるなど酔狂なことはするはずがない。

そのキジバトではないやっぱり尾長が姿形に似ない声でぎゃあぎゃあというか、ぎゅうぎゅうっという声を上げて、相手を呼んでいると思ったら、追いかけっこをしたり、ちゅちゅ、とやさしい鳴き声が混じるようになったと思ったら、いつのまにか仲よくつがいになって、篠に背を向けたり、正面きって、まともに胸を張って見せたりしている。

この公園に、巣を作ったらしい。手入れされていないから、安心してのことだ。荒れ放題が気に入った。これは篠と尾長と共通項だ。

篠は伸び放題に伸びた大らかな枝先たちを間近に見るのが好き。その枝先には、去年赤々と耀いたカラス瓜の実や青々とした葉が、今では白っぽいかしゃかしゃの骸となって風に揺られいる。

孫が、ひょっとして、気が向いて、背広姿で、この公園にやってくるかもしれない。そのときには、もう、葉脈だけになってしまったカラス瓜もなくなっている。もうすぐ、この公園はなくなる。整地されるという。その後、何になるのだかは聞いていない。


ベンチに坐っていたら、珍しく子供が来て隣に坐った。お婆ちゃん一人で来たの？ ボクも一人で来たよ。でも、ママが追いかけてくるよ。元気な子で一人で得意そうに話しかけてくる。返事を求めているようでもないが、篠は、ずっと口を開いていないので、漸く、乾いた唇をもぐもぐやってから開いた。坊や、えらいんだね。と。

やさしい仕草で、子供は耳を寄せてきて、篠の発した言葉を聞いてくれた。

お婆ちゃんって、臭いよ。魚くさーい。ええと、なまぐさいよ。あっ、ママだ、じゃ、バイバイ。

篠は、くんくんと犬になって、自分の体中を嗅いで廻った。鼻が利かなくなった老犬には、周りを取り囲んでいるこの公園の匂いしかしない。

篠は、きのうは魚を食べていないし、生臭物も口にしていないと、考える。もしかして、家中が、魚臭くなっているのだ、魚は嫌いじゃないから、焼いたり煮たりの料理の臭いが染みついているのだろう。換気扇も老化している。そこらにぶら下げてあるものを羽織って出かけて来たのだから。箪笥にあるものだって、みんな魚臭くなっているのかも知れない。

それにしても、生臭いねぇ、どこから、それは来る臭いなのだろう。もしかして、この体の中が、生臭いというの？　口を開いたのだから、ばれてしまったというか。何やら、少しずつ分かりかけてきた。あの子は賢い。この体が半分腐りかけているのを、体が変化してきているのを、子供は鋭いから、キャッチした。死臭を……。

それにしても、と篠は考える。篠の母親の晩年の匂いを、ようく覚えている。この篠の鼻に記憶されているのは、植物の匂いだった。この公園に、いつも漂っているこの匂いなのだ。人間は老いると植物の匂いを発するようになるものなのかと、芳しい草や木の香りを母に感じながら、小さくもなった母を、篠はこっぽりと抱いて眠ったものだ。

それにしても、篠は自分の体が、こうして生臭いときては、いくら、母と同じように小さいにしても、抱いて寝てくれるものはいまい。ということだけは分かる。篠には、ちょっぴり先の未来が見えた。

豪雨の後だった。凄まじい雨がきれいに家並みを洗い、道路も洗い清められていた。やって来た公園も遊具たちが、新規になって見えた。公園にやって来たところで、どの遊具がお目当てで遊ぶということはない。篠のお目当てはただ、どっこいしょといって、古びたベンチに坐るだけが、目的。

しかし、今日はすっかり孫の眼になって、遊具を物色というのではないが、生き生きわくわくした思いで見ている。あまりにぴかぴかして新鮮なのだ。見捨てられ、うらぶれていた姿が、新しく蘇っているのだから。篠は喜びを共有するつもりでか、公園を一巡している。滑り台やらブランコ、シーソー。一つ一つの遊具の所に立ち止まってはじっくり眺め、撫でさすりしていた。いっときは、子供たちが寄ってきて賑かだった。得意になって過した日もあった遊具なのだ。誰からも見向きもされない日々も重ね、まだそれが続くんだよ。でもこんなに輝く一瞬も授かった。よかったね。ほんとに自然はいい人だ。

篠はベンチに戻って来た。古いベンチもよく洗いこまれていた。丁寧に洗いこまれ過ぎて、まだ湿っぽい気がして、坐らず立っていた。篠は洗いこまれ磨きこまれ美しくなったベンチを眺め入る。一つ一つの遊具にそうしてきたように、撫でさすっていた。自然がいい、自然が一番美しい。ほんと、そう思うねえ、篠は呟く。

篠の足元、ベンチの下は豪雨の流れ道だったろうか。川を作って轟々と流れていたにちがいない。このベンチの下が堰になっていたらしい、ペットボトルやら、カップラーメンの発泡スチロールの欠片、スナック菓子の空き袋、が堰き止められ山を作っていた。

ベンチの所までは、それなりの川幅のある川だった痕跡をみせている。干上がってみれば、砂丘の様相を示し、美しい紋様を描いている。豪雨はこんなちっぽけな公園に、スケールの大きな川まで作った。どこかに滝も作ったろう。探せば湖も見つかるかも知れない。

そのごみの中に透き通るものがふわっと乗っかっているのを見る。今、風はないが、風が吹いて来たら、風の色になって、すぅと飛んでいき、消えてしまうのだろう、というぐらいの儚さを見せているものがある。掌の上に乗せられるぐらいの大きさで透明なもの。恐竜のミニチュア。骨一本損傷がない丸ごとの標本。プラスチックの模型、玩具の類ではない。本物の骨だ。本物か偽者かぐらい篠にも分かる。これは鼠の骸骨だ。子鼠の亡骸だ。飢えて死んだか、薬物で殺され、捨てられたか。毒団子を食べて、生き長らえなかったか。ともかく、この公園の片隅に死体を晒していた時間もあったはずだ。風雨に晒され、季節も巡って。そして、ひっそりとこの姿になった。豪雨に清められた。流されてきた。

篠は、自分の全身像の骨をレントゲンのフィルムで見たことがある。ある時期にいろいろな精密検査を受けての、その中の一つだったが、生きながら自分の骸骨を見た――と。

篠のは平面だったが、この子鼠は立体である。まさしく本命の骸骨。美しい。風雨に晒され、豪雨に仕上げをされても、崩れることなく、骸骨の完璧な形をとどめている。その勁さ。


どこに居ても、行っても、来ても。いつだって疼いている。もう長い。いい加減におさらばしたいと思っても、すっかり居つかれてしまった膝の痛み。ベンチの篠は衣服の上から膝を擦ってやる。寝ても醒めても、存在を主張して止まない勤勉な奴。この頃分かってきたのは、ビー玉ぐらいの大きさが悪さをしているらしいということだ。疼いている辺りをそうっと、押したり、強めに抑えてみたり、抓んでみたり、周りから攻め寄せていって、やっと丸いものだということを探り出すことが出来たのだ。つまり痛みの根源を捕まえた。疼きの原型はあったのだ。形が見えてきたので、篠にとっては、相変らず疼くとか痛いとかはあっても、扱いやすくなった気がする。

そこに焦点を合わせることが出来るから、どうか治りますようにとか祈るにしても、張り合いがあるというものだ。集中したイメージが出来るようになった。ビー玉がどうか小さくなりますように、他の所に移動していきませんように……漠然としていて掴みどころがなかった頃から思うと、長居をされていても面倒をみやすい。

膝の中でビー玉らしきものは、しっかりビー玉になっていった。ある日、この公園に来ていた時だ。ふとしたはずみで、ベンチの角に膝をぶっつけた。篠は悲鳴を上げた。その隙に、膝の中のビー玉は、そのはずみを利用した。どさくさに紛れて転がり出ていった。痛みに耐えかねて呻いていた篠が、ややあって、顰め瞑っていた目を開いて見ると、ベンチの前の砂地に一個のビー玉が、日の光を受けて、ちょっと困ったように、戸惑って、鎮座していた。

そのビー玉を見て篠は、うかつにも今まで気がついてやらなかったが、こうしていくつかのビー玉が、自分の体から転がり出て行ったのだということを悟った。自分の力ではない他力によって、転がされ、ビー玉になって、篠の体から出て行った。

悟ってみれば更に見えてきた砂地の上。色変わりのビー玉がぶつかり合ったり、並んでみたりして、篠を見ている。

盲腸からも、胃の中からも、胸からも、そして、左肩からも出て行ったビー玉たち。メスの跡のある親指から出て行ったものは小さな、あの白いビー玉だな。篠はビー玉たちを見ているうちに、篠の体を通過していったビー玉たちが、愛しくなって、そのビー玉たちを一つ一つと拾っては、掌に載せていった。

風が吹き抜けていったことがあったなぁ。篠は、懐かしんでいるのではなく、封じ込めておきたいものが、するりと顔を出してしまった恐怖めいた思いを、この風の中で捉えた。

この公園に吹いている風のことをいっているのではない。かつて、体の中を通過していった風のことをいっているのだ。

風が心地よくとか、びゅうびゅうというのは、体の外部に感じ味わうことだが、篠のは、外周りにそれを感じるのではなく、内部にそれが吹き捲っていたのだ。しかも、風が自然に入ってきてのことではない。わざと、強引に意志的に風を取り込んでいたのだ。

それと、ときによって、自分の体が網の目のように、すかすかしている風穴を作ってしまうので、風が容赦なく通過していく。その傍若無人な風を、この目で見ていたことがある。つまり篠の外回りだけを素通りしてくれればよいのに、風穴のひとつひとつに興味を示し、詰まった穴までを探し出し、執拗に潜り、出て行くのだった。

自然発生的に内部から起きる風も、また、あった。それはそれで、篠を不安に追い込んだものだ。

ある時期、篠は、それらを三つの風の現象と呼んでいた。風に狂わされていた時代だ。

今は起きない、それらは。その現象は。老体になってしまったためなのか、その理由は分からないが、たまたま、このベンチにいて、風を感じた今、ふっと、篠はかつての自分を思い出していたのだ。

篠は、体の外側を通る風は好きだ。

あのときの風、あそこへ行ったときの風のもろもろ。海や山、子供と共にあって共に味わった風。孫とだけの秘密、二人でドライブしたときの風。

このベンチにいて、いつの間にか見えない風の回想展を開催しているのだ。活力が加わって彩色鮮やかな映像と風の動きまでが、とうとう見え出した。


篠は目の前の砂地に、小石を持った左手の中から、一つ取っては投げることを右手で繰り返している。砂地に向けて思い切り力を入れて投げつけているのだ。地面に穴が空けとばかりに。同じ所を狙い撃ちしているが、外れが多く、力なげに転がっていく。それでも、地面を突き抜け地球の向こう側まで行けよ、と投げている。

ベンチの上には、まだ小石が置かれている。左手に小石が無くなると、ベンチの上から、追加して、懲りずに繰り返している。

篠の口から、「財布をはたいて玉を買い占めたのに。当てるのは難しい」と洩れ出た。続いて、懸命に投げている。

篠の目には、かつて、幼いときに祭で見た、玉投げ、いや、射的というのだかが、その小屋が再現されている。地面の上には等身大の鬼がいて、その鬼の喉を目がけて、投げているのだ。小石ではなく、ピストル構えて撃っているのだ。鬼には目玉とか、口とか、喉、胸、腹、臍の所といった具合に標的にされる所が決められている。撃ち込まれるのを待っている。

篠の狙いは喉に限られている。ぶち抜きたい。炸裂させたい。地面にいるのは鬼ではない。篠の姿、だ。篠の立体だ。小屋の中に立っているのは、紛れもない篠。標的にされ、曝されて立つ。喉に大きな癌の塊りが赤い丸印をされている。そこに当たれば、ガラガラジャン。と銅鑼がなる。大当たりぃィ。

公園へ入れなくともよい、最後に外回りからだけでもよいから、眺めておこうとして、やって来たのでもない。そんな殊勝な篠でもないだろう。ながの習慣で、ただ足が向いてしまった。

来なければよかった。なぁにもない。公園が消えているのだ。あるのは、すっからかんの白っぽい地面だけ。その、なんていうか、あまりの空虚さに、篠は、声を上げたのか、息を飲んだのか。来なければよかった。見なければよかった。樹木一本もない。椿の木もない。

随分前から、子供が潜って遊ぶトンネルに、垂木で、バッテンがしてあったから、多分、この公園の入り口も、いつかはバッテンされるのだろう、そのぐらいは思っていた。

この公園が取り払われるらしいと、聞いたところで、それもそうだろう。廃れきっているのだから、惜しい、とも思いもしなかった。無駄な空き地みたいなものは活かさなければね、と、篠は心の中で承諾していた。

それにしても、言葉がない。人が言葉を失うときがあるというのは、こういうときのことだろうか。

篠には、見慣れた公園に垂木でバッテン印がしてあって、と。その風景を、やってくるつもりはなかったと言いながらも描いていたのではないか。篠の悪戯心は、どうせ、森閑としていて誰も来るはずのない公園なのだから、と、バッテンなんか無視して、何とか入り込み、入れないほど頑丈なバッテンでもないから大丈夫で、いつものベンチに坐ってみようとした。篠のベンチ、と勝手に命名したベンチには、バッテンがしてあった。

# 「村尾文短篇集第2巻」に寄せて

大津港一

村尾文の短篇小説「冬瓜」に接したのはおよそ十年前。この作品が短篇集第1巻に収録され、再読の機会に恵まれたのは喜ばしいことであった。久闊を叙するように再読した「冬瓜」は、村尾文の代表作であり、村尾自身、作家としての確かな手ごたえを得たであろうことを確信させられた。第1巻には他に五篇が収められているが、上田徳子氏の懇切な解説にあるとおり、それぞれ重いテーマに腰を据えて、刻み込むような文体で書き下ろしていることに驚嘆した。

その驚嘆は奥付に紹介された著者略歴に続く。この略歴は本書にも紹介されるのであろうが、わずか四行の略歴に込められた重さに思いを馳せる。

一九三四年（昭和九年）、東京で生まれた著者が強制疎開で千葉県の佐原近郊に移ったのは、時局と、著者自身の体験を重ねたと思われる「冬瓜」から察すれば一九四四年（昭和一九年）

前後、著者十歳前後であろう。そして敗戦後、十八歳にして家業の美容院を継ぐ、とあるが、ここにはそれを可能にした戦後混乱期の「ある種の健全さ」をともなう時代相が映される。

敗戦は社会制度の崩壊をむき出しにさせ、さまざまな価値観の転倒をみせた。これを十歳から十八歳にいたる著者は多感な目をもって見続けたのであろう。この眼差しこそ、第1巻に付された後藤明生氏の選評にあるような「リアリズム」に徹する作家としての涵養期となったのではあるまいか。この「冷徹な」までに物事をみつめ、ときには自分さえも分析・分解する各篇の主人公たる女たちは1・2巻をとおして変わりなく貫かれている（それは本書「カマイタチ」での乳がん患者である〝わたし〟に昇華される）。

著者はそれぞれの作品の女たちに自らの分身を投影させ、生きることの重さ切なさを担わせるがその背後には、当然ながらそれを見つめる厳しい著者の眼があり、その眼はときには乾いたユーモアさえも含んでいる。

ジョルジュ・モランディが静物を描き続けたように、村尾文はひたすら家族を描く。そしてモランディの静物画が見るものを釘付けにして魅了するように、村尾の作品もまた家族にさまざまな陰影をあたえて私たちに迫る。

本書第2巻には五編の作品が収録されている。私はここでそれらの作品について論じることはしない。いや、論じることは出来ない、と言うべきであろう。地霊（家霊？）に憑かれたように、地べたから離れることなく書きつづけ、形づくられた村尾文のこの小さな「文学の森」は、村はずれに佇む鎮守の森のようだ。静謐が呪縛する空間は、烈しい風雨に遭えば樹々は揺らぎ木霊が騒ぐ。そこに植えられた樹木は、村尾が丹精をこめて植えたものだから、私たちはその一木一草に目を凝らすように五篇の作品に就こう。

解体させられた家族、崩壊させられた村々、そして鎮守の森さえ消滅の危機に瀕している現在、この森から発せられる呻きは、そのベクトルを逆にさせ、根を喪って漂う私たちの日常を射るであろう。巻末に収められた「公園の足音」はその微かな呻きのようだ。

（おおつ・こういち／文筆業）

著者略歴
村尾　文（むらお ふみ）
1934年四男四女の次女として東京に生まれる。
戦後、双子の弟の誕生によって子守のため中学校を中退。18歳で家業の美容室を継ぎ店主となる。
40歳を過ぎて小説を書きはじめ現在に至る。
著書『村尾文短篇集 第1巻 冬瓜』（西田書店）

村尾文短篇集　第2巻
鎌鼬（かまいたち）

2017年10月20日　初版第1刷発行

著　者　村尾（むらお）　文（ふみ）
発行者　日高徳迪
装　丁　臼井新太郎装釘室
装　画　保光敏将
印　刷　平文社
製　本　高地製本所

---

発行所　株式会社西田書店
〒101-0051 東京都千代田区神田神保町2-34 山本ビル
Tel 03-3261-4509　Fax 03-3262-4643
http://www.nishida-shoten.co.jp


ISBN978-4-88866-619-0　C0093

・定価はカバーに表示してあります。

村尾文短篇集 第1巻

# 冬瓜（とうがん）

【目次】



■文章も、書きなれた、手堅いリアリズムである。したがって読者は、それぞれの体験を重ね合わせて、感情移入しながらこれを読むに違いない。

（後藤明生／一九九〇年の選評より）

■（村尾文の作品は）自然主義がまだ生きていた頃のベテランの作者を思わせるような手法は古風な印象だが、最近の腰の弱い作品の中におくと、やはりその手堅さは飛び抜けてみえる。

（大河内昭爾／「文學界」同人誌批評より）

四六判 256頁 定価（本体1500円＋税）

＊読者の皆様へ 視覚障碍者の方へ作者自身による本書の朗読CDを差し上げます。ご希望の方は小社宛ハガキでお申し込みください。

〒101-0051 東京都千代田区神田神保町2-34 西田書店